台北
365

春夏 taipei

作家 小野

SHOPPING DESIGN 總編輯　李惠貞

水越設計／都市酵母 總管 周育如

台北城市散步執行長 邱翊

新北市政府文化局局長　林寬裕

作家 洪震宇

藝術家、國立師範大學美術系副教授 姚瑞中

熱血體育主播 徐展元

政大廣告系教授兼×書院總導師 陳文玲

新北市政府觀光旅遊局局長 陳國君

導演 傅天余

雜誌編輯者 黃威融

作家、廣播人 馬世芳

金鐘主持人 曾寶儀

我愛你學田市集創辦人 劉昭儀

台北市政府觀光傳播局局長 簡余晏

水牛書店社長 羅文嘉

台北市政府文化局局長　謝佩霓

詩人 羅毓嘉

——溫暖推薦（按姓氏筆畫序排列）

365封寫給台北的情書 8

三月 春光乍現，台北輪廓 12

台北一〇一—找到城市的輪廓／敦南誠品—最優雅的書店／富錦街—家的樓下／永康街烘焙者—老派文青的早餐／飯糰的滋味—揣在懷中的溫暖／櫻花燦爛—台北是座粉紅泡泡城／初春三芝—落櫻繽紛，夢中小村／建國花市—在家裡養一叢季節／淡水夕照—挖子尾的小船與落日／台北火車站—黑白如此不分明／陽明山夜景—故鄉的燈火最美／行天宮—藍衣婆婆的保佑／尋找管區—慶祝土地公生日／大稻埕碼頭—悠悠盪盪的黃金年代／大稻埕辜宅—只剩空屋守著故事／大藝埕—大稻埕裡賣小藝／台北故事館—一個坐船喝茶的優雅年代／台北市立美術館—雲比畫更美／淡水捷運—悠悠晃晃到河邊／雲門劇場—百年舞團的氣魄／故宮—至善山腳下的寶窟／總統府—裡面坐著的自然是總統／凱達格蘭大道—抗議者的戰場／濟南路長老教會—台灣第一座基督教堂／中正紀念堂—無人知曉的鴿子午後／圓山飯店—山腰上的輝煌／關渡自然公園—送送遠方來的老朋友／竹子湖—愛情花與地瓜薑湯／台灣大學杜鵑花節—椰林大道上的浪漫愛心／九份—在雲端，看風中微塵

四月 落雨紛紛，深情凝望 48

法鼓山—觀音殿的蝴蝶／農禪寺水月道場—照映在水中的我／苦楝開花—城市裡的一抹淺笑／台北市立兒童新樂園—永遠都是小孩子／八里十三行—知道過去，才能走向未來／紅毛城—小熊占領主席台／鄭南榕紀念館—自焚日，巷裡迴聲／林本源園邸—戲台昨日落葉／蘆洲李宅—留下老宅，不讓歷史灰飛湮滅／台北光點—這裡就是一部電影／台北當代藝術館—轉角撞到當代藝術／西門町六號出口—螢光色的世界／西門町電影街—從旗袍美人到尖叫少女／西門紅樓—同志的夏夜晚風／中山堂—忘了

五月
微風習習，笑語爽爽

尼克森，記住林懷民／草山行館—口水止息，山風不息／林語堂故居—誰在天上說笑？／北投少帥禪園—人走了，密室隨人張望／汐止杜月笙墓園—人生計算到最後，只有悲涼／士林官邸—玫瑰再香，香不過姊妹的衣裳／四四南村—歲月浸泡的青苔破牆／寶藏巖—蜿蜒小徑裡的生命力／蔡瑞月舞蹈研究社—玫瑰古蹟裡的舞者身影／大龍峒保安宮—硬頸宮廟，留下活文化／紫藤廬—落魄江湖者的棲身所／明星咖啡館—詩人引來的傳奇／土城承天禪寺—牆外油桐花開／三峽—風中飄揚的藍染／菁桐—如霧起時

河濱迎風狗公園—逍遙的快樂小狗／大佳河濱公園—殭屍和新娘都來了／蘆洲微風運河—人們如微風般，輕颺地笑了／社子島島頭公園—吃了大象的蛇／美堤河濱公園野餐日—裝裝樣子也開心／大湖公園—落雨松下賞白鷺／榮星花園—讓螢火蟲回到台北市／象山步道—一次只走一步／永和四號公園—城裡人的春天／花博公園—連阿柴都念念不忘的好地方／陽明山二子坪步道—傾聽自然的聲音／擎天崗—流星、水牛與蘑菇的大草原／貓纜—搖搖晃晃到人間／指南宮—千階之上的夢境／仁愛路圓環—你在那邊，一切都好嗎？／仁愛路樟樹林—闖到夢裡面／仙跡岩步道—不如別見神仙吧／四分子賞桐—花人小溝／台北藝術大學—讓藝術從關渡平原飛起／中山捷運—藏在巷弄裡的森林系小店／AMBA 中山意舍—老大樓，新生命／台灣好，店— Lovely Taiwan ／民生社區—大樹招搖，家花野出牆／微熱山丘—不只賣餅，還賣生活風格／北投圖書館—乘著綠光，飛向書海／北投普濟寺—湯守觀音的微笑／北投溫泉博物館—留著老靈魂的浴場／馬場町紀念公園—願淚水隨河流遠逝／台二丙公路—蜿蜒離開台北市／雙溪—野薑花香小山城

116

六月
浮光恍恍，人影晃晃

永康公園—因為我們留下了樹／青田七六—用溫柔心意維護的老宅／昭和町文物市集—什麼都有，什麼都好奇怪／繭裹子—印度媽媽手縫的衣服／牯嶺街小劇場—不再神祕的黑盒子／紀州庵—文學裡的尋常人生／台北植物園—荷花報信，夏天來了／欽差行臺—比老樹還老的遙遠／齊東詩社—風來寫詩了／華山文創—讓歲月做工／Legacy—台北傳奇／Trio—擋不住世界，就讓自己茫吧／光點華山電影館—國家級藝術電影館／華山大草原—在台北搶到一片草地／松菸文創園區—在一〇一旁看野鴨游水／閱樂書店—書店風格之必須／女書店—守護女人的靈魂／女巫店—全世界最靠近陳綺貞的地方／有河Book—生活裡有詩是幸福的／永楽座—如果書店就是劇場／舊香居—老書頁的迷人香氣／水準書局—不好看，我送你去歐洲的機票／好樣本事—紅木門裡的無窮宇宙／茉莉書店—錯過的總會在這裡遇到／永和小小書房—熱鬧巷子裡的安靜書店／信義誠品旗艦店—用書本擠掉鍋子的志氣／瑞安街水牛書店—在靜巷裡養出一頭牛／我愛你學田—總統也來做便當／淡水—城市之河的故事

148

七月
盛夏偷閒，放肆翹班

北海岸的咖啡館—從老闆那裡，偷回一點人生／富基漁港—長堤夕陽與肚裡海鮮／富貴角燈塔—經過生死，走向高處／石門—基本就是個浪漫／跳石海岸—進城像玩命／十八王公—摸狗身，大幸福／翡翠灣福華—來去海邊住一夏／維納斯海岸—愛情比岩石還硬／野柳地質公園—參見女王陛下／萬里飛行—如果我也能飛翔／金山鴨肉ㄜ—想吃什麼儘管拿吧／貢寮海洋音樂祭—在海邊盡情燃燒吧／大安森林公園—免費的夏夜派對／三腳渡—老漁人守護的渡口／烏來內洞—在水光中飛舞的垂枝馬尾杉／金瓜寮溪—驕傲的台灣藍鵲與溪邊老人／碧潭風景區—潭深水綠白天鵝／手串本鋪—難忘的剝皮辣椒肉串／築地市場—擅長海鮮的居酒屋／田園台菜海鮮—美食家的私房愛店／烤爽—屬於我的深夜食堂／蛙咖啡—姊喝的不是咖啡，是熱血／臺一牛奶大王—到臺一吃冰吧／敦化南路Häagen-Dazs—夏

本書撰寫於2015.04-2016.05，相關描述皆為當年度時間，安排相關行程時，請事先與店家洽詢，或上網確認。

天的小確幸／FikaFika—一起喝杯咖啡吧／515—偷吃蛋糕的貓／從風流・珠寶盒到 Take 5—青田街的美食小旅行／吃吃看—轉大人的起士蛋糕／法朋—連眼淚都變甜了／三峽滿月圓・大板根—轉彎小心，別撞上蝴蝶

八月 夏天炎炎，大吃正夯 184

寧夏夜市—老夜市的好滋味／環記麻油雞—冒大汗也要吃的麻油腰子／饒河夜市—夜市小吃大戰美食街／五分埔—迷失在衣服堆裡的幸福／公館夜市—假裝自己還年輕／師大夜市—敬我們遙遠的青春／通化夜市—總統府祕書長吃的滷味／景美夜市—餵飽廣大的小市民／南機場—躲在迴旋梯的露西／南機場夜市—從早到晚吃不停／萬華夜市—連攤吃到爆炸吧／萬華龍山寺—拈花笑口開／青草巷—赤腳仙仔的百年祕方／士林夜市—深夜巷子裡的炒羊肉／南門市場—鄉愁的滋味／士東市場—貴婦的菜市場／微風超市—最接近貴婦的時刻／西湖市場—出站就是菜市場／東門市場—一個上午兩萬五／水源市場・劇場—撲朔迷離的藍色大樓／永樂市場—讓人瘋狂的花布世界／慈聖宮小吃—榕樹下的庶民滋味／霞海城隍廟—月老牽情別貪多／中山北路婚紗街—生活是甜蜜的／復興南路清粥小菜—深夜的一碗熱粥／復興南路永和豆漿—跟舒國治一樣的好品味（很敢說）／鼎泰豐—小籠包裡的真功夫／溫州街蘿蔔絲餅—巷子口的午後小食／張家豬腳—台北市第一名豬腳／萬里吃蟹—不只是吃那麼簡單

附錄 220

365封寫給台北的情書

台北365，是365封寫給台北的情書。每一封都是我對這座城市的感謝。

高中畢業後，我就來台北讀大學，除了有幾年移居花蓮外，扣除旅行，我每日在城市間遊走。我跟台北一起攜手度過交通黑暗期，看著捷運一條一條開通，到現在捷運線已經複雜到我常常搭錯車。

我在文化大學念書，畢業後從陽明山搬到永和，又遠遷至淡水，最後搬到景美巷裡、新店山上，最後落腳在大安森林公園旁的小國宅。

在台北的二十年，有歡笑時光，也流過挫敗的眼淚；曾經因為對都市規則不熟悉，感到窘迫；卻又在孤單時，領受到陌生人的溫暖。剛畢業那幾年，我因為工作壓力太大，在計程車上痛哭，司機默默遞給我面紙，叮嚀我再忙都一定要吃飯，要睡覺，要好好照顧自己。

台北充滿異鄉人，我們懷抱夢想來這裡奮鬥，知道離鄉的孤單，願意給彼此溫暖。

雖然台北不是「故鄉」，卻成為「家」的所在。

我在台北經歷過很多美妙的奇異時刻。一個陽光刺眼的午後，我開車經過仁愛路，樟樹開花了，陽光打在花上，把仁愛路的天空反射成粉橘色。夏日

黃昏，我疲倦地從辦公大樓走到信義路上等公車，一抬頭，整條大路的街燈在那一剎全亮了，只有我抬頭看見這個魔幻片刻。不一會，城市轉入黑暗，燦爛燈火照亮了路。深冬夜晚，我喜歡到信義區看聖誕燈，城市裡看不到星星，於是人們自己在樹上掛星星，讓冬天不那麼寂寞。

城市生活有太多夢一般的情景，喜歡四處張望的我，幸運地抓住夢的片刻。這幾年，我搞了一台老舊的二手腳踏車，塗成綠色，在城裡辦事時，就騎著小綠晃盪。剛到台北時，我只認得台北火車站，以及帶我回陽明山的二六〇公車；如今我已經會鑽小巷子，知道哪裡有可以填肚子的小攤子，當然也知道哪裡有地雷。

我在城市裡鑽來晃去，從不解世事，到終於積累出自己的世界觀。以前我只會到國家圖書館查資料，如今每年跟著同志遊行的隊伍穿越凱道；三一八學運後，青島東路、濟南路，甚至濟南長老教會，對我有了不同的意義；四二七「終結核四，還權於民」那一夜，我在忠孝西路見識到國家暴力，我心中的火車站前廣場從此濕冷漆黑。

層層疊疊的記憶與眼淚，讓我對台北生出不同的情感。

騎車穿梭時，我常常是唱歌的。我喜歡有小巷子的台北，喜歡這樣閑適的、接納任何人的台北。

就讓台北成為台北吧，不要焦慮她不如上海、北京，我們不需要那麼多摩天大樓，相反地，我們渴望更多大樹，更多花開風起的時刻。如果台北有什麼讓人珍惜的，那就是我們願意讓出更多空間，只為了每個人都能在這裡好好生活。

台北是我的家。「台北365」記下家裡一切。

願我們永遠記得家的美好。

三月

春光乍現，台北輪廓

到一座陌生城市，第一天走的路途，將會印在心上，成為旅人對這座城市的所有認識。

三月台北，春花初開。信義計畫區櫻花綻放，無人清晨，綠繡眼停在枝頭吃花蜜；關渡自然公園裡，留鳥交配、候鳥北返，鳥的天空比國際機場還熱鬧。

除了花，台北還有更多美麗的地方，讓人留戀。富錦街的大樹、敦南誠品的成排書架、九份山間的雲霧飄繞，以及行天宮裡虔誠的祈求。

三月台北，春光乍現，時節正美。

環湖步道
Lake Trail
大屯遊客服務站
0.4km
Datun Visitor Center
二子坪步道
0.7km

一〇一觀景台位於八十八、八十九、九十一樓，在五樓買票後，直接坐高速電梯到八十九樓，電梯平均數度每秒一〇一〇公尺。
台北一〇一／地址：台北市信義區信義路五段七號　TEL：02-8101-8898

MAR 01 台北一〇一——找到城市的輪廓

初初造訪一座城市，必須登高，看清楚她的輪廓，才知道接下來往哪裡走。

台北一〇一不僅是台灣最高大樓，也是全世界第三高大樓，在國際上標示了台北的位置。偏偏，很多台北人對一〇一有複雜的情懷，台北人不喜歡搶鋒頭，不喜歡高調奢華，多半喜歡巷弄小店，一〇一太炫耀。那不是我們習慣的台北。

於是有人說它像根筍子，長相很醜；有人擔憂斷層帶上蓋高樓很危險。然而，抱怨歸抱怨，一〇一卻在不知不覺間，融入台北人的生活。

在世界遊歷後回到台北，總會習慣性抬頭遠望一〇一，確定自己回家了。每到特殊節日，一〇一總會準備小驚喜，情人節，就在樓身畫朵發光的愛心；棒球國際賽打出「台灣加油」；遇到災難時，默默寫著「天佑台灣」。一〇一彷彿有靈魂，守護台灣。

一〇一日日凝視台北，比任何一個台北人都能精準地指出方向：

台北是個大盆子，遠遠地，會看見蜿蜒河流從城市邊緣滑過，那是淡水河流域，養育了台北；環繞著台北的大屯山系，則保護了台北。

站上一〇一更可以看清楚，台北不是精雕細琢的城市，沒什麼摩天大樓，反而矮屋老厝交雜，不摩登，但人們在此間生活愉快。

敦南誠品商場營業至晚間十點半，音樂館至凌晨零點，書店區二十四小時開放。

敦南誠品／地址：台北市大安區敦化南路一段二四五號　TEL：02-2775-5977

02 敦南誠品——最優雅的書店

相較於誠品書店信義旗艦店，我更喜歡敦南誠品，那裡是誠品的起點，也是許多人文花朵初初綻放的小花園。

一九八九年，誠品在美麗的仁愛路圓環開幕，誠品咖啡、誠品酒窖也在同年開幕。那時候帆布袋還不流行，到誠品買書，卻有小布袋裝書的選擇，比今日文青更先進、矜貴。當年不少人懷疑這樣的書店活得下去嗎？

誠品活下來了，一九九五年，誠品搬到敦化南路一段二四五號，更多文化驚喜在這裡展開；一九九九年，誠品二十四小時不打烊，而今變成台灣獨特的一道人文風景，深夜感到孤單，就晃進誠品，那裡多得是睡不著找書看的人。

如今的誠品，在台灣已經拓展出四十二家店，香港銅鑼灣店也在當地造成轟動，中國蘇州店也開幕了！敦南誠品卻依舊沉靜美好。大門前成排的敦化南路樹蔭，讓敦南誠品成為台北市中心的安靜角落，書香、咖啡香，輕輕地在空氣間晃盪。

不管誠品走得多遠，敦南誠品仍舊是台北人心中最美麗的誠品，不只為了門前那一排帶來光影的大樹，更因為我們跟著敦南誠品一起長大，一起發現文化可以走得那麼優雅、深刻，而遙遠。

地點：台北市松山區富錦街巷弄

MAR 03

富錦街——家的樓下

如果非要我選一個區域，帶外國朋友介紹：「這就是台北最理想的生活區域。」我會很虛榮地選富錦街。

富錦街在台北市的東北邊陲，因為邊緣，所以不被開發，美好的生活情調也在此被保留。

富錦街有很多老樹，那是這條街最美麗的風情，人被樹引來。然而，這裡的老樹跟其他市區的樹一樣，都曾經面臨被移植，是居民抱樹護樹，才留下這一片綠意盎然。人與樹，讓富錦街不一樣。

樹留下，人才願意來。最早是「吉祥草」茶藝館先來，花藝家齊云也來了，花草燦爛地蔓出轉角小屋。後來咖啡館來了、生活家飾店來了、室內設計工作室也來了。甚至歌手、小農們也在週末，來到街區的小公園，吟唱、賣菜。

生活是如此美好。如果整個台北都像富錦街，該有多好？

營業時間為上午八點至晚上十一點，全年無休。
烘焙者咖啡／地址：台北市大安區金華街二四三巷七號 TEL：02-2322-3830

04 永康街烘焙者——老派文青的早餐

到一座城市旅遊，走過的第一條街道，決定你對這座城市的印象。到台北的第一頓早餐，又該從哪裡開始好？

早餐有遠近親疏，新朋友不適合去廟口坐板凳吃鹹粥，那種略帶隨便的閑適，要親近的人才能分享；也不應該天未亮就把人拖去阜杭喝豆漿，那是操練，不是交心。最適合跟新朋友共享的咖啡館，要有些風情，光坐著都能感受城市氣氛；要咖啡好喝，偷偷顯露一點品味；最好還有點歷史，沒話說時能夠當談資。

我私心最愛的是金華街上的「烘焙者」。這裡屬於永康街區，巷弄乾淨舒服卻不顯擺；咖啡豆是自家烘的，在台灣莊園豆還不時興的時候，這裡已經擺了滿牆的莊園咖啡豆；若要找談資，店裡常有住在附近的作家來吃早餐，說不準就會遇到王浩威在這裡讀書。

相較於附近新潮的文青咖啡館，烘焙者老派持重。黑白大理石棋盤的咖啡桌有歲月的痕跡；彩繪玻璃窗櫺下，擺了好幾排書；小圓桌上甚至放了好幾份當日報紙，很多熟客人走進來，順手抄一份報紙、點杯咖啡，消磨一頓早飯。

台北有更多新穎的世界連鎖餐廳，烘焙者則是城裡人的私藏小店，親暱多了。

MAR 05

飯糰的滋味——揣在懷中的溫暖

飯糰阿姨們隱身在台北街頭，每天清晨在捷運站附近擺小攤子，桌子上擺了木飯桶、碗公裝著配料，小小一方地就能做生意。

台北捷運最早行駛的路段就是淡水到雙連，當時我就住在淡水，每天坐嶄新的捷運到雙連，再轉公車到公館。那時候的捷運廣播，還是司機親自播報，有寒流的清晨，司機會貼心提醒：「最近氣溫低，大家出門早餐要喝杯熱牛奶喔。」

大清早搭捷運，最讓人期待的，就是在雙連站下車後可以買飯糰。捷運站旁有個飯糰阿姨，她的飯糰很出名，糯米飯特別香，菜脯也炒得好吃。天冷時，看阿姨掀開冒著煙的木桶，趁熱做一個燙手的飯糰，揣在懷裡還熱的。熱飯糰是那段捷運通車時，最溫暖的記憶。後來捷運開通到公館、新店，不用再轉公車，也告別了飯糰阿姨。

搬到新店七張站後，附近也有個飯糰阿姨，我總是買「甜鹹」飯糰，菜脯、油條、滷蛋之外，一定要灑上花生糖粉。搬家到花蓮的那天早上，是我最後一次去買飯糰，阿姨知道是買給搬家工人吃的，就多舀一大杓米飯，捏成好大一個飯糰，笑說：「工人容易餓，要多吃一點！」都說大城市冷漠，我卻在台北很多小角落，接受到很多善意。台北聚集了很多外地來打工的人，知道生活不易，於是樂意給別人一些微笑。這些飯糰阿姨們，不善言語，卻讓廣大的上班族在清晨得到溫暖。

03|05
台北飯糰阿姨出沒各地，七張、大坪林、雙連等捷運站外皆有。

03|06
賞櫻站
台北市政府／地址：台北市信義區市府路一號
中正紀念堂／地址：台北市中正區中山南路二十一號杭州南路側

06 櫻花燦爛——台北是座粉紅泡泡城

三月，第一朵櫻花開了，城裡人不分男女老少，內心的小粉紅都被喚醒，臉書上每天都有人報花訊，在櫻花樹下拍照，連壯漢都嬌笑得像個小女孩兒。

市中心最招搖的，應該是台北市政府前一排櫻花吧，上班族的步伐都變慢了，面無表情的臭臉，都掛上花一般的微笑，腳步都輕盈了啊～

中正紀念堂也浪漫得不得了，靠近杭州南路的一側有美麗花道，內側是粉紅色的山櫻花，外側是紫紅色的八重櫻。踏進櫻花樹叢，簡直像漫步在東京街頭，當然，我們的櫻花道短了點、也少了點……

還有很多櫻花樹在街角大放。作家蔡珠兒發現住家附近的和平東路也有花可賞，很得意在臉書說才不去人擠人；騎機車亂繞，也會發現路邊豎了個牌子，畫了箭頭，寫著：「ㄟ！，牯嶺街公園，三種櫻花都開了！」我當然又跑去湊熱鬧了。

城市的花開得不經意，卻讓人雀躍。朋友形容得最好：「有天失眠，清晨了還睡不著，乾脆跑到大馬路看櫻花，街上都沒人，樹下只有我，樹上只有綠繡眼。可惜，上班的人潮一出現，鳥就飛走了，我也睏了。」

春日賞櫻還可以上陽明山、淡水天元宮，然而，三芝的秀麗更不容錯過。
全套櫻木花道：一〇一縣道→右轉北七線（大湖路＋青山路）→北十五線→北十八線→陽光路→台二線

MAR 07

初春三芝——落櫻繽紛，夢中小村

二十年前，三芝開始有計劃地種櫻花，種下一萬七千株，從此，一到早春，這個遠離城市的小鎮，更加美麗繽紛。

七十公里長的道路，沿路都是櫻花。路的名字也美，青山、大湖、芝蘭、陽光、榆林、楓林，一迷路，又闖入另一片不同的森林。

緋紅色的山櫻花先盛開，山櫻花慢慢落了，粉紅色的吉野櫻、八重櫻一朵一朵綻放。起風的時候，粉色櫻花在風中飛翔，拂過人，緩緩落下。

三芝不只櫻花季節美麗，初夏有桐花步道、秋天有楓林步道，還有水梯田、水車、筊白筍。如果台北要找一個陶淵明筆下的桃花源，也許就是三芝了。

有年春天去三芝訪友，朋友是這麼報路的：「你就沿著山路一直開，會看到一棵很大的櫻花，樹下有個橘色的大垃圾桶，附近還有一隻白狗，彎進來，就是我家。」

我們走著走著，到處是櫻花，小狗也跑掉了，氣急敗壞問朋友：「哪一棵櫻花？小狗又跑去哪裡了？」

建國花市每個週末上午九點到晚上六點營業，過年期間整週、整日營業。
地點：建國高架橋下橋段—信義路與仁愛路間

08 建國花市——在家裡養一叢季節

櫻花落盡後，城市裡還是有花。

老台北舒國治懷念過去水鄉一般的台北，感嘆現在的台北無滋無味，池塘填平了，上面全是房子，人們把自己關在一格一格的小籠子裡，無樹無水無池塘，只能在陽台上種些自己賞玩的花。

我不是老台北，我認識的台北，早就沒有池塘，只有高樓大廈。這是城市的宿命。為了打拚，人們在城市，拓展居地，連潮汐該止住的汐止，都蓋滿房子。這樣苦命的台北人，偏又眷戀點生活情趣，只好在狹長的陽台上種花，讓四季在陽台落下。那種努力想把生活過好的心情，讓人很感動。

只要好天氣，建國花市就擠滿了人，這裡是台北市中心最大的花草市集，有賣大樹的攤位，但更多的是蘭花與草花的小攤位。

現在溫室與冷藏技術太好，花市季節流轉不那麼明顯。不過還是有些應時應景的花，節慶時才出現。情人節玫瑰特別多、清明一定有劍蘭，到了過年，桃花杏花連枝葉整叢地放在大水桶裡，粉紅色小花苞嬌嫩可愛，為家裡添點喜氣。別再說台北無滋無味，買一叢含苞櫻花回家養著，是城裡能做到的最大講究，用一小叢枝芽，把四季養在家裡。

MAR 09
淡水夕照——挖子尾的小船與落日

到台北一定要看淡水夕陽，但別往「淡水小鎮」擠，帶你們去個祕密基地，在河的另一端，從八里的小巷穿進矮房子，就到了小小的挖子尾。

「ㄨㄚ」，是台語「靠近」的意思，挖子尾意指這裡是淡水河的尾端了。這裡是個漁村聚落，曾經以挖文蛤、捕撈吻仔魚、鰻苗為主，河岸汙染日漸嚴重，漁業也跟著衰敗。如今的小聚落只剩老漁夫，他們也不出海捕魚了，平日就坐在大樹下閒聊、下棋，配酒配茶的小菜竟然是一大鍋豬油炸。

穿過短短的防風林，河岸邊有完整的步行道跟觀海長堤，步道旁是一大片紅樹林，樹林下有彈塗魚活蹦亂跳，樹梢上則有候鳥飛翔。

想看夕陽，就得走得更遠，離開步道，走向大河。沙地上一小撮白茫茫的是清白招潮蟹，忙呼呼橫著跑來跑去。

天光漸暗，原本樸素的河岸雲光幻化，像夢一般，刷上輝煌的顏色。直到天色染成墨藍，夕陽消失，對岸豪宅的燈光一盞一盞點亮，又是另一種強烈對比。

挖子尾正好就是淡水河的左岸，台北左岸跟巴黎的不一樣，這裡海風咻咻，風裡是滿滿的鹹味。那是台北最真實的，最貼近土地的氣味。

03|09

挖子尾自然保留區

交通方式

捷運：a. 關渡站轉搭紅 13 公車，至挖子尾自然保留區 b. 淡水站下車，搭渡船，下船後轉紅 13 公車，至挖子尾自然保留區

開車：往八里近十三行博物館之博物館路右側到底

地點：新北市八里區渡船頭一帶 TEL：02-2960-3456

03|10

台北火車站／地址：台北市中正區黎明里北平西路三號 TEL：02-23713558

10 台北火車站——黑白如此不分明

對外地小孩來說，台北火車站意義非凡，那裡是我們到台北的起點。

剛到台北的第一年，跟南部來的同學很要好，她有一台摩托車，每次無論去哪裡玩，她都要先騎到台北火車站，然後才轉到我們要去的地方。我有天忍不住問她：「為什麼每次都要先到火車站？」

「因為台北的路我不熟，一定要從火車站出發，我才知道要怎麼走。」她有點不好意思，但這種心情我完全明白啊！

如今的火車站，已經不再是當年的模樣。二樓的金華百貨倒閉後，排滿特價花車的廉價走廊已經消失。微風百貨把二樓變成飲食名店，擠滿了人。連火車站的一樓也改頭換面，大廳兩側是明亮、華麗的甜點店，不只有鹿港、花蓮的名店，連北海道名店都有。

然而，再多俏皮可愛的公主風裝潢，都擋不住某種醜陋。為了不讓街友在車站長椅休息，也為了刺激候車的旅客到二樓消費，台北火車站的大廳完全沒有椅子。等車的人站累了只能席地而坐，老人家、肢體不方便的人更無處歇息。

華麗升級的台北火車站，待人卻小氣刻薄。

MAR 11

陽明山夜景——故鄉的燈火最美

考上文化大學的頭一年，我每天深夜都會去曉園看夜景。曉園是個衣冠塚，是創辦文化大學校長張其昀的墓地，正對著關渡平原，因為腹地廣，加上大學生年輕不怕鬼，膽子大，墓園裡老是有學生看夜景。

台北燈火輝煌，往左是整片城市中心，從士林、內湖、城中心，一直往南拓；往右是關渡平原，筆直的大肚路切出一條直線，順著直線走，就是淡水小鎮。對剛上台北的我來說，這燈火比新竹輝煌無數倍。

文化大學是當年的最後一個志願，考上了沒什麼快感，反而對未來茫然，我看著台北燈火，苦惱將來。王偉忠也是文化大學畢業的，聽說他也看了好幾年夜景。

沒想到後來我有機會到世界各國遊歷，搭上「倫敦眼」看倫敦的國會大廈、西敏寺與泰晤士河；在美國國慶時，爬上紐約布魯克林區的頂樓，看煙火在哈德遜河上炸開；在初秋坐纜車，登上北海道看函館夜景。

台北的夜景不如香港的「幻彩湧香江」華麗；不像倫敦眼那麼有趣；更不像紐約，眩目的摩天大樓撲天蓋地。但台北是故鄉燈火啊，我熟知每一條小徑、每一條河流，我日日在此生活。

走得再遠，還是故鄉的燈火最美。

03|11
陽明山有很多餐廳，如「草山夜未眠」、「屋頂上」、「後花園」、「夜店」等餐廳可以舒舒服服看夜景。文化大學網球場旁也可以看夜景，據說現在還有鹹酥雞、烤香腸，看夜景也是要與時俱進的。
草山夜未眠／地址：台北市士林區東山路二十五巷八十一弄九十九號　TEL：02-2862-3751

03|12
除了有大法會的日子，行天宮幾乎天天都有收驚，每日中午十一點二十分後，在三宮拜亭前開始收驚，直到晚上九點為止。
行天宮／地址：台北市中山區民權東路二段一〇九號 TEL：02-2502-7924

12 行天宮——藍衣婆婆的保佑

只要一碰上怪事，朋友間都會互相安慰：「要不要去行天宮拜拜？」甚至提醒著要去收驚。行天宮主祀關聖帝君，正紅色磚塊砌成的行天宮，四方端正矗立在台北中山區，廟方說：「紅磚就像關公，赤面如赤心。」

相較於佛教的莊嚴，行天宮更靠近人心，好像所有鬼鬼怪怪的事情，到行天宮都會被解決。特別是廟埕前穿著藍衣服的收驚婆婆們，她們就像住在鄉下的阿嬤，當年幼的我們受到驚嚇，阿嬤總會抱著我們哄：「不怕不怕，阿嬤來了。」收驚婆婆拿香在我們頭上繞三圈，就像阿嬤哄孩子。

倘若真的惶惶不安，想找答案，行天宮旁還有地下街，二十二個算命攤位，精通中、日、英文，不只為台灣人解惑，連外國人都可以來排個命盤。

雖然到行天宮拜拜不像到大佛寺有那麼多規矩，但千萬別穿拖鞋，女生別穿太暴露，對神明要敬重。另外，宮外賣祭祀品的桂圓糯米糕很好吃，上面還按著一顆帶殼桂圓，桂圓又叫福圓，拜完吃米糕時，要去殼，意味著災厄去、福圓來。吃的時候，嘴甜心暖，再多的不安都緩解了。

求發財金擲筊若是無杯，請記得不是土地公不愛你，而是土地公認為你不缺錢。
大安福德宮／地址：台北市大安區瑞安街二〇八巷四十七弄三十九號 TEL：02-2701-0433
烘爐地南山福德宮／地址：新北市中和區興南路二段三九九巷一六〇之一號 TEL：02-2942-5277
石碇五路財神廟／地址：新北市石碇區永定里大湖格二〇之一號 TEL：02-2663-3372

MAR 13 尋找管區——慶祝土地公生日

土地公是台灣人的「管區」，哪怕是土地比金子貴的台北，還是得為土地公留一個家。很多土地公廟前就是小公園，小孩子們在公園裡無憂奔跑，大人則舉著一束香，虔誠祈禱。

每年農曆二月初二是土地公生日，許多土地公廟會把巷子封了，擺桌幫土地公慶生。最多的贊助商是小店家，紅圓桌上擺著紅牌子寫「XX髮廊」、「○○便當店」，小市民靠不上大官，只能靠土地公，在祂生日這天，當然要好好慶祝。

有些土地公在生日這天還發「發財金」，照顧小市民。每個土地公的個性不同，求法也不一樣。大安福德宮只限土地公生日這天可以求，一人固定六百元，隔年記得回來還錢還願；中和烘爐地土地公，不限時開放求母金，一人一元，象徵「一本萬利」；石碇的五路財神廟也相當靈驗，不只可以求二十元的發財金，還有發財符，得到一個聖筊就能求金，把二十元銅板放在符中繞香爐三圈，放在家裡一週後，把符留下，發財金花掉，釣更多錢回到身邊。

把土地公賜予的母金存進戶頭時，記得要說：「謝謝土地公，我已經把母金存好了，有空的時候，記得來幫我巡一巡喔！」

大稻埕碼頭夏日煙火節是台北市重要的夏日節目，人潮擠滿河岸，最好從雙連站下車，慢慢從三號碼頭散步而來，紓緩又輕鬆。
地點：台北市大同區民生西路底（五號水門內）

14 大稻埕碼頭——悠悠盪盪的黃金年代

曾經有這樣一個年代，所有的奇珍異寶都從海上來，那時候岸邊有船、有歌，有行色匆匆運貨人，以及穿著西服的傳教士。

一八六〇年，淡水河開港後，大稻埕碼頭歷史華麗開場。不只被劉銘傳指定為洋人居住處，從這裡出發到歐洲的茶葉，更被英國維多利亞女王讚嘆：「Oriental Beauty」（此為「東方美人茶」的由來）；當時河岸邊有露天歌廳、茶座。

儘管一九二〇年之後，日本人進行「町名改正」，人們還是習慣把橫跨民權西路、台北橋以南；忠孝西路以北；重慶南路以西，濱著淡水河畔的這個區域，稱為大稻埕。據說當時的布行，漫漫鋪過大街；最頂級的商家，一天就可以賺到一棟房子。這裡有太多傳說，人們為了不同理由來到大稻埕。

然而，時代畢竟變了，河道淤積，都市重心轉移。以前從這裡出發，可以到中國、歐洲，如今只能到淡水渡船頭。露天歌廳也不見了，老樹下搭起棚子，開起投幣式卡拉OK，老人們聚在樹下唱歌。船停了，腳踏車來了，沿河變成河濱公園，夕陽西下時，絢爛晚霞映在河面，整排大相機等著拍下最美麗的一瞬。

只剩下悠悠大河記得那一個黃金年代，那時候啊，人們在岸邊送別，低聲輕唱青春悲喜曲。

03|15
陳天來故居／地址：台北市大同區貴德街七十三號 TEL：02-2336-2798
辜家大宅／地址：台北市大同區歸綏街三〇三巷九號

03|16
小藝埕／地址：台北市大同區迪化街一段三十四號
學藝埕／地址：台北市大同區迪化街一段一六七號
聯藝埕／地址：台北市大同區迪化街一段三十四號
民藝埕／地址：台北市大同區迪化街一段六十七號
眾藝埕／地址：台北市大同區台北市民樂街二〇、二十二號，民生西路三六二巷二十三號
※ 內有眾多店家，各有電話，建議上網查詢。

MAR 15 大稻埕辜宅——只剩空屋守著故事

大河時代流逝了，剩下河邊大宅，哪怕主人早已不在，卻仍守著當年的故事。

到大稻埕不能錯過辜家老宅，昔日人稱「鹽館」。辜家在日治時期的顯赫，與日本政府的關係錯綜複雜，艋舺酒家流傳著一首歌：「日本上山兵五萬，看見姓辜行頭前，歡頭喜面到台北，毋管阮娘舊親情。」辜顯榮照樣風光，甚至受大正天皇邀請，參加御苑聚會。

當時的辜家老宅正對著淡水河，辜嚴倬雲形容訂婚後要見公婆，車子往河邊水門裡開，拐個彎才進到大宅前院。

大稻埕另一棟不能錯過的老宅，是陳天來故居，也就是昔日的錦記茶行，如今宅邸立面還保留著「GK」字樣，「錦記」的縮寫。這棟老宅曾被日本人選為「模範住宅」，日本親王訪台時，還到此參觀。

陳天來是大茶商，很喜歡戲曲，曾經投資興建「台北永樂座」劇院，後來還改裝成電影院。他還蓋了「第一劇場」，有電影院、舞廳，還有咖啡廳、撞球間，是當時最大的台灣人劇場。可惜永樂座已經拆除，第一劇場也變成商業大樓。

當時面對淡水河的老宅，如今前方都蓋滿房子，要拐過彎彎巷子才能走到老宅。想起昔日榮光，也是唏噓。

16 大藝埕——大稻埕裡賣小藝

大稻埕這幾年有點不一樣了。從「小藝埕」開始，越來越多有想法的商家進入大稻埕，這裡變得好「文青」。

推動大藝埕計畫的周奕成寫著：「在大稻埕，你無法不遇到台灣的歷史，每個巷口轉角，台灣歷史會在那裡等候你、呼喚你……」街區活絡了，人才會來。

大藝埕第一個計畫是「小藝埕」，就在地標屈臣氏李家街屋裡。「小藝埕」意思是「大稻埕裡賣小藝」，一樓有「1920Book Store」、「好悠光刻所」、「布物設計」，二樓是「鍋爐咖啡」，三樓則是展演空間「思劇場」。

民藝埕在城隍廟旁，「陶一二」，自然是賣陶；三進是「Le 洛」，喝咖啡小酒的地方；二樓則是茶坊「南街得意」。

眾藝埕裡有「Gochic Bicycle」、「花生騷」、「野台築地」、「市井」、「春豬」、「俏皮」，甚至還有「JFK繪本屋」。

聯藝埕一進是公平貿易商店「繭裏子」、「鹹花生」、「豐味」；二進是專賣歐亞餐酒料理的「孔雀」；三進則是讀人館。學藝埕則以展覽、課程為主。

大藝埕計畫不只創造新空間，周奕成說：「以這個名稱，向大稻埕盛世致敬。」

營業時間為上午十點到下午五點三十分。定時導覽為每日上午十一點、下午三點三十分。固定週一公休。
台北故事館／地址：台北市中山區中山北路三段一八一之一號 TEL：02-2586-3677

MAR 17

台北故事館——一個坐船喝茶的優雅年代

大河時光，台灣優雅、緩慢，台北的天空還沒有被胡亂切割，河水清澈，船行四方。

一九一三年興建的「圓山別莊」，是英國都鐸式建築，這棟美麗房舍見證了優雅的年代。別莊主人是大稻埕茶商陳朝駿，政商關係通達，日治時期圓山的台灣神宮地位崇高，他卻能在圓山下蓋起別莊，連孫中山都曾經是座上客。

當時，陳朝駿到別莊就是走水路，從大稻埕出發，直接在別莊下船。別莊周圍有馬場、神宮，還有美麗的明治橋。第一代明治橋是鐵製的，橋桿有鏤空雕花設計；第二代明治橋則是混凝土的拱橋，橋上有大型石燈，十分素雅。

陳朝駿死後，圓山別莊數度易主；明治橋被改名為中山橋，在二〇〇二年拆除，雖說要重建，橋墩與石燈籠卻被遺棄在橋下十幾年，無人聞問。

還好圓山別莊留下了。因為它美到讓人無法忘懷。一九九八年被指定為市定古蹟；二〇〇〇年開始修復；二〇〇三年開放為「台北故事館」。修復團隊用心之細膩，連空氣都想模仿，把陳朝駿喜愛的楊桃樹、楓香、茉莉、桂花都種回來，還特地種了小雛菊，更像英國鄉下。

時代會過去，幸好，房子與香味留下了。

門票三十元，可使用悠遊卡。

台北市立美術館／地址：台北市中山區中山北路三段一八一號 TEL：02-2595-7656

18 台北市立美術館——雲比畫更美

台北故事館的時代已經過去，如今，台北市立美術館才是主角。除了不定期的展覽，每年的雙年展更是話題。

當我需要安靜時，偶爾也會到美術館走走，哪怕並沒有特別的展覽，光在美術館走走，都是好的。

外面的廣場偶爾有小孩嬉戲，或情人輕語。走進大廳，挑高九米，把心也跟著拉寬。廳內安靜，人們閒散慢行，各不干擾，好幾面牆都是大窗，往右看陽明山，往前則是中山北路樹海，往裡看，則是當代藝術品。每個展覽廳各自錯開，一個展間一個故事，順著走，看完許多故事。

我喜歡一個人逛美術館，才能走得更久、更慢，看完畫，就找一片窗看天空，眼睛隨著雲，慢慢移動。回過神，走回廳內中庭，又看見光在地上跑，忍不住看迷了。

幾年來看過的畫都忘了，只記得台北的白雲光影，緩慢而寧靜。

03|19
淡水捷運也是通往淡海、漁人碼頭、北海岸、八里等地的公車轉運站。

03|20
交通方式：在淡水捷運二號出口旁，有指南客運836與紅26可搭乘。部分演出前後有接駁車，請上網確認及預約。
雲門劇場／地址：新北市淡水區中正路一段六巷三十六號 TEL：02-2629-8558

MAR 19

淡水捷運——悠悠晃晃到河邊

台北的大河時代過去後，淡水河曾經有一段火車歲月，最後一班開往淡水的火車停駛時，很多人感嘆淡水不再；可是很快地，捷運來了，嶄新的捷運車廂，每到假日就把人運到淡水，塞滿碼頭。

淡水捷運是台北開通的第一條捷運，台北人忍受好幾年「共渡交通黑暗期」的標語，終於嘗到捷運的好處。有個罹癌長輩在淡水捷運通車時，馬上坐一趟，往後只要有新線開通，也一定去坐，從淡水到新店、木柵到內湖，他只希望坐到全線通車。一晃眼，淡水捷運也開通二十年了，最新的松山線也開通了。捷運取代老火車，成為台北人的新記憶。

淡水捷運開通時，我正巧住在淡水。每天清晨上捷運後，總喜歡窗邊，看淡水河慢慢消逝。搬離淡水後，偶爾還是會找個出太陽的下午，跳上淡水捷運。捷運先在地下鑽，從圓山探出頭，遠遠地看見圓山飯店；從劍潭到芝山，滿是欒樹，遠方山上是文化大學；從明德一路到紅樹林，視野終於開闊，淡水河在眼前鋪張開來。

到淡水站後，不用急巴巴趕著買大餅、吃阿給，到河邊晃蕩就足夠了，讓河水撫慰日常的疲憊。夕陽落下後，再回到捷運上。日光散了，河面漸黑，消失在身後。時代如何，奔流向前，舊的走了，新的也將成為回憶。

20 雲門劇場——百年舞團的氣魄

雲門劇場有一棵菩提樹，樹的種子是林懷民從印度菩提迦耶帶回來，他種在八里雲門排練場。二〇〇八年，大火燒了排練場，雲門珍貴的文物、道具、舞台裝扮，全都燒成灰。

菩提樹還在。

劇場重建後，林懷民堅持把菩提樹移到雲門劇場，樹在貨車上太高，就讓工作人員拿根長竹竿坐在樹旁，把電線撐開，短短的路走得好長。

雲門是抱著成為百年劇團的決心，在八里重建，土地是跟新北市政府簽了四十年長約，約可延長十年，最長可到五十年。

這裡不只有排練場，還有劇場，不時有舞碼演出。劇場的屋頂上，朱銘創作的降落傘人歡迎來客；荷花池裡有羅曼菲的塑像，彷彿在池中央旋轉快舞著。

除了菩提樹，林懷民還到各地買了上百棵樹，寒冬有梅、春日流蘇花盛開、夏有鳳凰木、秋日欒樹綻放。還有棵百歲茄冬，樹下有老樹書屋，屋裡賣酒賣茶。坐在樹下，近處看雲門，遠處看海，更遠處，是百年雲門繼續舞動。

MAR 21

故宮——至善山腳下的寶窟

到外雙溪的國立故宮博物院參觀，在文物間走動，除了會在偽裝王羲之的《快雪時晴帖》前穿越到唐朝、在范寬的《谿山行旅圖》中穿越到北宋外，這批國寶的運送過程，才是真正的長征與穿越。

民國十三年，國民政府接收了清朝在紫禁城的文物後，這批寶貝就不斷流徙。中日戰爭時，他們一度被運送到四川，當時四川偏安，學生與寶物都在那裡，齊邦媛的《巨流河》也提到四川樂山，她在那裡度過動盪卻平安的學生生涯。

抗戰結束後，文物送回北京，短短兩、三年，國共內戰，民國三十七年初冬，文物紛紛運送到台灣，雖然能夠安然抵達的，僅占了原本的二成多，但都是精挑過。到台灣後盤點了四年，才登錄完成。

如今的故宮，聞不到煙硝味，昔日只有甄嬛與皇上能賞玩的寶貝，現在都好端端放在架子上隨人看；不久之前還嘲諷國民政府連逃難都不忘帶點寶貝的中國人，也成群進了故宮，還大手筆帶很多白菜、紅燒肉回中國。

03|21
故宮參觀時間為正館全年上午八點半開放至晚上六點半；夜間延長開放時段為每週五、週六至九點，此時國人可憑身分證件免費參觀。 一般票價為二五〇元，國人參觀則為一五〇元。
故宮博物院／地址：台北市士林區至善路二段二二一號 TEL：02-2881-2021

03|22
非假日請三天前預約，假日則當天早上攜帶證件就可辦理參觀。
總統府／地址：台北市中正區重慶南路一段一二二號 TEL：02-2311-3731

22 總統府——裡面坐著的自然是總統

關於中華民國的首都在哪裡，一直有爭論。最荒謬就是根據憲法，中華民國的首都在南京，如果是這樣，五院所在地的台北，又算什麼呢？更別提凱達格蘭大道的盡頭，就是我們的總統府呢！

總統府建於日治時期，一九一九年完工，是當時的總督府。總督府無論從尖塔、入口門廊，都極盡所能地展現權威，象徵著殖民統治者的威嚴。特別是高六十公尺的中央塔，它是日治時期全台最高的建築物，本來只設計六層，後來增加為九層。

國民政府接收總督府，改為總統府。戒嚴時期，這裡的肅殺氣氛不用多說。解嚴後，凱達格蘭大道常常聚集抗議民眾，總統府自然成為主要的抗議目標。一九九七年白曉燕命案後，抗議團體甚至用雷射光在中央塔打上腳印，控訴政府無能。

關於中華民國到底是不是一個主權獨立的國家，看看我們的總統府，坐在裡面辦公的，就是堂堂正正的中華民國總統，主權獨立早就不需要證明。

要是還不放心，真想進總統府確認一下也是可以的，只要預約或者準備身分證件，完成安檢就能成行唷。揪咪。

03|23

地點：位於台北市中正區的道路，全線位於總統府與景福門之間。

03|24

前總統李登輝跟濟南教會關係深厚，孫女李坤儀婚禮儀式，便是在此舉辦。

濟南基督長老教會 / 地址：台北市中正區中山南路三號 TEL：02-2321-7391

MAR 23

凱達格蘭大道——抗議者的戰場

凱達格蘭大道以前叫「介壽路」，大道的盡頭是總統府。

這條大道見證了台灣的民主發展。在戒嚴時期，凱達格蘭大道與重慶南路一帶甚至禁行機車、腳踏車，氣氛嚴肅。一九八七年解嚴後，凱達格蘭大道成為抗議者最主要的戰場。一九八八年，就已經有農民為了捍衛自身權益，集結抗議，稱為「五二○事件」。

不同政治立場、訴求的團體，都曾經在凱達格蘭大道集結，抗議陳水扁政府的倒扁運動來了，抗議馬英九對中國貿易政策失衡的反服貿團體也來了。同志來了，婦女運動來了，勞工團體、反核團體、動物保護團體，都曾經在凱達格蘭大道為自己的主張吶喊。

我曾經在夜宿凱達格蘭大道的抗議活動中，躺在馬路上，看著總統府被打上「腳印」與「無恥」二字；更曾在假球案一再爆發後，穿著球衣，在凱道唱著熱血的棒球歌曲，流淚憤恨假球案為什麼不能徹底終結。

凱達格蘭大道上的抗議，是台灣人共有的記憶，它更代表了台灣的民主，我們可以各有主張，我們保障不同的聲音，我們願意用一點點社會成本，換取所有人都能得到更公平的對待。這也是台灣與其他華人國家的最大不同。

24 濟南路長老教會——台灣第一座基督教堂

常常到街頭抗議的朋友，一定對濟南路、中山南路口的一座教堂很熟悉。無論外面多麼混亂，走進教會庭院，就可以得到安靜。

那是濟南基督長老教會，台灣第一座基督教教堂，也是建築師井手薰在台灣的第一個建築作品，他的作品還包括總督府最高法院、台北公會堂，以及總督府。井手薰也曾參與推動台灣美術，參加了「台陽美術協會」的開幕大會，當時發起的藝術家包括李梅樹、陳澄波、顏水龍、廖繼春……等當代最重要的台籍藝術家。

每次抗議覺得疲倦了，我就會晃進濟南教會喘口氣，看著尖拱窗、紅磚牆，和高牆上的十字架，雖然不信主，卻感覺神在尖塔上。坐在教堂的階梯上看著椰子樹影搖晃，這應該是日本人想像的南國台灣吧。

日本人走後，教堂留下，用台語講道，可新來的中國人聽不懂，最後只好再成立一個國語禮拜堂，讓濟南長老教會成為兩個獨立教會，卻一起上主日禮拜的教堂。雖然偶有角力，但也講了幾十年，暫且相安無事。

台灣複雜的歷史，處處是痕跡。想要和解與包容，必須從真正的了解開始。我們了解更多，更能找到愛她的方法，好好守護我們心愛的城市、國家。如同我們試著了解一座禮拜堂，以後不只來這裡找尋安靜與庇護，更能夠轉而珍惜、感謝它。

中正紀念堂／地址：台北市中正區中山南路二十一號 TEL：02-2343-1100

MAR 25

中正紀念堂——無人知曉的鴿子午後

中正紀念堂也是台灣抗議的主要戰場之一，野百合學運就是以此為戰場，逼得國會改選。持續得最久的抗議，則是由許多導演發起的「反核四五六運動」，每個週五，晚上六點，在自由廣場下反核四，把抗議活動搞得像行為藝術。

中正紀念堂同時是觀光客必遊景點，在寸土寸金的台北市中心，它占地二十五萬平方公尺，相當於三十座國際標準足球場那麼大。亞洲另一個在首都大張旗鼓紀念逝世領導人的就是北韓。平壤萬壽臺占地二十四萬平方公尺，以金日成銅像為中心。中正紀念堂的最高處則是「蔣中正總統文物展示廳」，爬上去仔細參觀的人，又有多少？

除了去抗議，人們還去兩側的國家戲劇院、國家音樂廳看戲、聽音樂會。晨起的老先生、老太太們還會去練功。人群都散去後，還有群鴿子，晨昏不離，守著這座「大廟」。

某天，一個無人的下午，參加完戲劇院的記者會後，我獨自坐在廣場邊看鴿子啄米，突然聽到附近高中為「軍歌比賽」來練習，高中女生扯著喉嚨唱：「風雲起／山河動／黃埔建軍聲勢雄……」突然有種歷史錯置的感覺。

台灣歷史交錯複雜，這裡紀念了蔣中正，卻又孕育野百合。時代真的往前推進了嗎？在無人知曉的鴿子午後，高中女生依然在毒辣太陽下踢正步，唱著與生命經驗毫不相關的軍歌。

圓山飯店餐廳訂位電話：02-2886-1818。
圓山飯店另有松鶴餐廳提供自助餐，金龍餐廳則有港式點心與粵式海鮮料理。
圓山大飯店／地址：台北市中山區中山北路四段一號 TEL：02-2886-8888

26 圓山飯店——山腰上的輝煌

每次坐國內班機回台北，落地前我都會看著圓山飯店，那是我年幼時台北的地標。坐客運到台北，第一眼看到的，就是圓山飯店。

圓山飯店是日治時期的台灣神宮改建，神宮是為了紀念北白川宮能久親王所建造。神宮所在地的風水極佳，在台北盆地山腰，背靠劍潭山，前有基隆河，台灣總督府為了在這裡蓋神社，不惜對土地擁有者施壓，遷移法國領事館。神宮完工後，成為日治時期在台灣最重要的神社，肩負著教化台灣人的重責大任。

日本戰敗後，神宮原址改為飯店，專門接待國際貴賓。經過多次改造，一九七三年，宮殿式的圓山飯店終於落成，圓山飯店有著尊貴歷史，由蔣宋美齡成立的「台北圓山聯誼會」，讓這座飯店有了皇族氣息，甚至被當時的《財星雜誌》選為全球十大飯店。台北的五星級飯店有寒舍、W Hotel……圓山飯店卻無可取代。

當然，我住不起圓山飯店，至少可以上山吃頓圓苑。圓苑就在大廳的右側，餐廳內有恢弘的正紅圓柱，窗外則是陽明山的蒼翠綠樹。點尾松鼠菊花黃魚、杭州東坡肉，甜點來上蔣宋美齡最愛的紅豆鬆糕，幾乎錯以為自己生在豪門。

MAR 27

關渡自然公園——送送遠方來的老朋友

春天記得去看鳥，這是個約定。

在台北的邊緣，淡水河與基隆河交界處，保留了一大片濕地，關渡自然公園。這裡不只是大台北地區的水源儲蓄區，保留台北最後一畝稻田，更循環出美好的生態，長了兩百種以上的植物，養了八百三十種以上的動物。

雖然是水澤地，但草澤的蘆葦與樹澤的水筆仔各有天地，可愛的彈塗魚在泥巴地跳來跳去，招潮蟹橫著身體亂跑。小羊在原野吃草，野鴨飛雁在天邊飛翔。台北人真的很幸福，只要三十分鐘就可以回到大自然裡。沿著木棧道緩步前行，城市生活裡的苦惱一點一點被卸下，眼前不再是高樓大廈，而是藍天、草澤、飛鳥與河川。

來度冬的候鳥，春天就要回去了，關渡平原幾乎是牠們在台灣的最後一站，牠們在河口吃飽了、休息夠了，就振翅北飛。整片河口平原起降不停。也有些鳥兒把握春天，戀愛、交配、繁衍，到處冒著粉紅色泡泡。

不論這群鳥兒從北海道、中國東北，還是更遙遠的西伯利亞飛來，春天一到，牠們就會返鄉，直到冬季再度歸來。

鳥走了，平原還是熱鬧，留鳥們在水裡游泳，等著下一次相聚。

關渡自然公園每週一休園，夏令與冬令時間的開放時間也有些微不同，出發前務必確認。
關渡自然公園／地址：台北市北投區關渡路五十五號　TEL：02-2858-7417

MAR 28

竹子湖——愛情花與地瓜薑湯

初到陽明山的第一年，明明是冷徹骨髓的寒流日，學長卻起鬨，堅持上山看花。破機車拐幾過幾個山坳，再滑下小坡，就到了神祕花田—竹子湖。竹子湖是火山堰塞湖，火山噴發後，留下肥沃土壤，湖裡沒有魚，卻開滿白色海芋。

這麼荒僻的地方，花是怎麼來的？最早，是日本人來實驗種米，種出難得的中山種，後來在全台灣開始種植。但竹子湖一年只有一穫，效益太差；改種了高麗菜，又不敵梨山、武陵農場；後來種花，竟然找出生路。

海芋其實一年四季都開，卻只有春天會開遍整個山谷。春寒料峭，卻擋不住採花人，花田讓人下去採花，只要少少的錢，就可以把花滿懷抱地帶回家。

採花的地方稱為頂湖，是整片海芋田，田中有一條筆直柏油路，路旁有花鋪子，門前擺了大水桶裝花，各種鮮花一大束一大束地賣。這條柏油路又被稱為「海芋大道」，真奇怪，為什麼台灣人這麼熱愛「大道」？這明明是花田小路呀。

大學畢業很久以後，我才知道海芋原來是金牛座的守護花，無比優雅，守護愛情。莫非學長採花的邀約，是戀愛的暗示？沒辦法，我不解風情，只記得採完花好冷，手腳沖乾淨，躲進簡單搭建的棚子裡，雙手捧著一大碗地瓜薑湯，咕嚕下肚，覺得幸福。

03|28
海芋花期為每年三到四月。每年花季陽明山仰德大道會實施例假日管制，竹子湖也有多項交通管制，建議搭乘公車轉乘，官方網站有詳細交通資訊。
地點：台北市北投區竹子湖路沿街

03|29
台大杜鵑花節從一九九七年舉辦至今，已經十九年。
台灣大學／地址：台北市大安區羅斯福路四段一號 TEL：02-3366-3366

29 台灣大學杜鵑花節——椰林大道上的浪漫愛心

嚴肅的台灣大學到了三月，就變得很浪漫。都是杜鵑花惹出來的。

起初，是園藝系教授杜賡甡在台北六張犁發現野生杜鵑，移回校園；兩年後，傅斯年校長過世，傅園與傅鐘旁又種了兩百五十株杜鵑與二十棵龍柏。仰德大道拓寬時，愛花人不捨花木被摧殘，把一路上的杜鵑與茶花全送來，從此，杜鵑在台灣大學越來越壯大。台大的杜鵑沿著椰林大道一路往內，筆直地奔向總圖。

杜鵑的美很平易近人，盛開時蓬鬆燦爛，又被稱為「應春花」、「映山紅」。白居易非常喜歡杜鵑，他寫詩道：「花中此物是西施，芙蓉芍藥皆嫫母。」很過分地把妖嬌芍藥說成醜八怪。

台大杜鵑花節除了園藝系、農業系舉辦活動外，各系所包括藝文中心、商學院、法學院、工學院等，都會趁著熱潮舉辦各種深度講座，吸引新生。

被花引到台大，千萬別只看花，花上有老樟樹遮天，樹後有老建築撐腰，能夠考上台大，在悠久傲人的歷史中被薰陶，真是好福氣（顯示為羨慕）。

MAR 30-31

九份——在雲端，看風中微塵

許多人到九份，是為了古老山城的故事，卻會不經意在山城，看見俗世裡的自己。

到九份一路蜿蜒向上，遠處是大海。山路長而彎繞，讓人以為世界是安靜的。可惜山城嘈雜，很快就掉回現實。

九份是礦工山城，以前採礦的時候更熱鬧啊。礦工多，吃喝戲耍免不了，小小山城不只有小鋪酒店，甚至開了昇平戲院，往來人潮在山徑錯身，大聲吆喝，宣洩在礦坑裡的壓力。

如今，礦坑已廢，小小山城卻因為觀光，再度熱鬧。昇平戲院廢棄後又重修，不斷播放兩部日本導演拍攝的九份影片。可惜旅人們耐不著性子觀看，大家只想奔去戶外，看山看海吃芋圓。

沿著豎崎路一階階往上，家戶都以「階梯數」標示，九三階是「記憶九份民宿」、一九一階是「阿妹茶酒館」，當初宮崎駿就是在這裡得到《神隱少女》的靈感。

如果想要更熱鬧，就往基山路去。以前礦工來這裡挖礦尋寶，現在是商人來開店賺錢，有些店面的租金甚至不輸台北市，除了有九份老麵店，連醬爆丸子都來了，山城變夜市。熱鬧尋夠了，不如找家茶館看燈火，在山裡民宿留住一晚，這山城還有很多值得去的地方。

悲情城市
頌德公園
頌德公園
觀海亭
Guanhai Pavilion
觀海亭
臺陽五番坑
台陽五番

九戶茶語

九份泥人吳鬼面具，在豎崎路七號，小屋子陰陰暗暗，掛滿泥人吳創作的鬼面具，他總是半夜在墓地找靈感，除非八字夠重，否則別隨便把面具買回家。《壹週刊》創辦人黎智英就曾買了兩個鬼面具。

九份福山宮／地址：新北市瑞芳區崙頂路一號 TEL：02-2496-0303

山城第二天，往更高處走。從九份國小往上爬，一路到福山宮，店家少了，真實的九份才會出現。老人、小孩、野貓，悠哉地在山徑間晃盪。

侯孝賢的電影《戀戀風塵》最後一顆鏡頭，就是在九份山頭拍的。攝影大師李屏賓多年後回想起這個鏡頭，他說：「我想拍一種感覺，景物依舊，時光流逝，人事已非，生命還有希望。」

鏡頭下，雲流走，光滑過，一片一片光亮亮晃過山城，彷彿在光中看見自己生命的流逝。

四月

落雨紛紛，深情凝望

四月總是落雨，讓人懷抱幽思。

台北，有太多交錯的歷史，層層疊疊出今日樣貌。八里留下史前鐵器時代的遺跡，距離今日已經一千五百年；往裡走有紅毛城，離今天也七百年了。

時代走遠，印記卻無法抹去。清朝的林本源宅邸、蘆洲李宅的悲涼歷史、寶藏巖滄桑的小樓、蔣中正的行館、官邸……一棟又一棟老建築，都藏著故事。

小島山風不停，風裡都是故事。心緒混亂時，就上禪寺吧，法鼓山水月道場走一趟，看見自己的本來面貌；或者到土城承天禪寺看早落的桐花。

苦楝，也在雨中繽紛地開了。

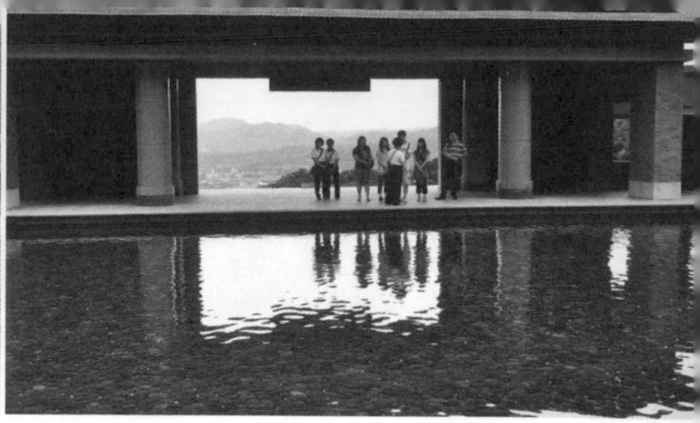

法鼓山距離遠，自行開車上山的信眾，車輛一律停在大停車場，再以朝山或搭乘接駁車的方式上山入殿。

法鼓山世界佛教教育園區／地址：新北市金山區三界里法鼓路五五五號　TEL：02-2498-7171

APR 01

法鼓山——觀音殿的蝴蝶

四月是思念的季節，清明落雨，引我們到逝去親人的墳頭祭拜。有些人家鄉路遠，來不及返回故鄉墳前，那就上法鼓山吧。

法鼓山是觀音道場，開山日正是二〇〇五年十月二十一日，觀世音菩薩成道的吉祥日。才一入山，就會看見八尺高的來迎觀音，衣帶飄揚，緩步前行，迎接來人。

第一大樓的六樓是大殿，所有重要的儀式都在這裡舉行。入大殿前，舉頭是聖嚴所題的「本來面目」。《金剛經》說：「應無所住，而生其心。」不執著，才能見到萬事萬物原原本本的樣子。

第二大樓則有「祈願觀音殿」，信眾都會來參拜觀音，祈求大悲水。殿外有一方水，殿內則供奉著祈願觀音，慈悲聽聞悲苦，俗人如我，遇到生命困頓，就到觀音殿祈求。有回祈求後抬頭，竟然看見蝴蝶翩翩飛入大殿，心中激動，觀音應許我了嗎？

行走疲倦後，可以到齋堂用膳，餐費隨喜。法鼓山有禪學課，課裡教，行走坐臥、用餐睡覺，都是禪。吃飯禪講究細嚼慢嚥，感受食物滋味。嚴長壽安排外國友人到台灣旅行時，也特別喜歡帶他們到法鼓山靜心、吃齋飯。

到法鼓山不用刻意求神拜佛，清明自來，在每一口食物間、在每一步移動間，在風吹來時，在蝴蝶飛來的那一瞬間。

農禪寺參觀時間為早上九點到下午四點。常有禪修、點燈活動，可參考網站：http://ncmd.org.tw
農禪寺／地址：台北市北投區大業路六十五巷八十九號 TEL：02-2893-3161

02 農禪寺水月道場——照映在水中的我

「讓這座道場如空中花、水中月吧。」聖嚴法師對建築師姚仁喜說。於是，昔日傳法的克難鐵皮屋道場，有了今日的樣貌。

法師說要維持「本來面貌」，於是用最簡單的材料築牆，剩下的讓歲月去做工。大殿前就是方形水池，大殿映在水裡，果真就像水中月。

還沒入寺，先讀經文：「應無所住，而生其心。」不執著，心念自然鬆了。寺裡也是處處經文。大殿面南的木牆鏤空刻寫《心經》，大殿後的兩層樓，則鏤刻了五千多字的《金剛經》，陽光燦爛的日子，光不停在經文上閃耀，天一陰，亮光就消失了。以前想不透《金剛經》偈：「一切有為法，如夢幻泡影，如露亦如電，應作如是觀。」在農禪寺水月道場看著經文上的光，突然就明白。

如果還想不透，就去水邊連廊走一趟。陽光來時，你會看見三個自己，一個是牆上影、一個是水中影，另一個才是真實的自己。陽光走了，只剩下水邊的自己，其他都只是投射。

從前想不通的，在水月道場，彷彿清晰了。

楝樹，因為木頭味道是苦的，所以被稱為苦楝、苦苓，果實深受鳥兒喜歡，也可入藥，有毒性。
觀苦楝地點：台北市內湖區堤頂大道一至二段中央安全島

APR 03

苦楝開花——城市裡的一抹淺笑

如果不注意，我們很容易就錯過苦楝。她不像阿勃勒那樣鮮豔張揚、鳳凰木燒紅半邊天，苦楝優雅的枝葉與花朵，細細碎碎，隨風飄搖。是城市裡一抹安靜的微笑。

四月是苦楝的花期，台北有很多地方可以瞥見這一抹微笑。關渡自行車步道上，就有苦楝可賞，苦楝長在河岸上，樹冠層跟車道一樣高，很難得可以細細欣賞苦楝小巧的花型。

台灣大學裡也有苦楝，農藝系門口的兩棵大苦楝，不只苦楝開得美，連一旁的紫藤花也從自己的架子往向苦楝，花朵繁複到分不出彼此。

曾經有同事知道我愛苦楝，某一個四月天，她笑咪咪說要送我一個禮物，硬要我放下手邊工作，跟她到會議室。她拉開窗簾，叫我往下望，原來，光華商場旁的停車場裡，也有一棵苦楝，當我們埋頭工作時，她歡喜自在，開得燦爛。

營業時間為每週二至週日，上午九點到下午五點；週六及寒暑假營業至晚上八點。週一及農曆除夕休園。

台北市立兒童新樂園 / 地址：台北市士林區承德路五段五十五號 TEL：02-2181-2345

04 台北市立兒童新樂園——永遠都是小孩子

既然是兒童節，讓我們先暫停濃濃的懷古之情，好好地玩一場吧！只不過我常疑惑，現在的小孩還稀罕台灣的兒童樂園嗎？他們手上有 ipad，出入有手機，甚至寒暑假就飛往世界各地的迪士尼。

但總有些什麼，是再華麗的旅行都比不上的，那就是與父母在一起的快樂。

台北兒童樂園一點也不時髦，沒有明星代言娃娃，也沒有豪華的城堡，可是讓孩子玩樂的元素，一點也不少。一撞上就全身震撼的碰碰車、用海洋生物組成的旋轉木馬、轉得高高的摩天輪、讓孩子尖叫不已的海盜船，還有飛旋高椅、園區小火車，以及兒童樂園一定要有的雲霄飛車。

雖然這裡沒有豪華大秀，卻充滿笑聲。原來孩子們真正在意的，並不是多了不起的設施、名氣，而是爸爸媽媽陪著玩。

在旋轉木馬上，哪個孩子還需要 ipad 跟手機？

04|05
參觀開放時間：
週一至週五，九點半到十七點，夏季延長一小時。週六至週日，九點半到十七點，夏季延長兩小時。
每月的第一個星期一、除夕、大年初一休館。
新北市立十三行博物館 / 地址：新北市八里區博物館路二○○號 TEL：02-2619-1313

04|06
紅毛城開放時間至晚間五點，週末至晚間六點。戶外茶座夏日開放至晚上十點。
紅毛城 / 地址：新北市淡水區中正路二十八巷一號 TEL：02-2623-1001

APR 05

八里十三行——知道過去，才能走向未來

雅典奧運前，我去雅典旅行，注意到一則小新聞。為設置運動場館與地鐵，雅典展開很多建設工程，可雅典是座古城，常挖到歷史遺跡，工程立刻停擺，路線也重新規劃，繞過遺跡。對比希臘對遺跡的重視，台灣政府輕率地讓人想哭。

一九五五年因飛行員羅盤不正常指向，十三行遺址被發現。陸續挖出的文物，證明十三行遺址距今約一千八百年到五百年，是台灣史前鐵器時代的代表。

無奈遺址所在地早就被劃為八里汙水處理廠預定地，遺址開挖受到很大限制。最後，十三行文化遺址只得到三千一百六十一平方公尺的範圍，僅占整片遺址的九分之一，剩餘土地全給了汙水處理廠。遺址緊急挖掘告一段落後，蓋了十三行博物館，管內陳列所有能搶救的文物，包括鐵器、陶壺等。

十三行博物館的設計，也把這段抗爭折損的歷史融入建築物。順著館外如鯨背的長梯走上屋頂，每一階都是時間的流逝。屋頂上望見整片出海口，那跟鐵器時代的台灣人看的是同一片海。

島嶼歷史顛簸，能挖掘到一些史前遺跡，都值得好好珍藏。如今，花東的漢本遺址又和蘇花替代道路的開挖有所衝突，希望遺址不要再被犧牲。

只有知道過去，才能有所依靠，安心地走向未來。

06 紅毛城——小熊占領主席台

台灣最古老建築物之一的紅毛城，佇立在淡水，一六四〇年由荷蘭人建造。

隨著荷蘭人退出台灣，紅毛城也荒廢了。十九世紀，海上霸權換成英國、法國，英國人一眼就看上紅毛城，據說用十兩白銀向清政府永久租用為英國領事館，卻用一百五十兩白銀重新整修。國家弱，人家就是要欺負你，你用什麼還手？

國民政府來台後，領事館身分不變。誰知道世界各國紛紛跟中華民國斷交，英國把領事館委託給澳洲，澳洲又拜託給美國，最後連美國都走了，英國只好託付給美國在台協會。台灣政局不穩，島上的房子被扔來扔去也很正常。

最終，這座城還是被政府討了回來，明訂為國家古蹟。

紅毛城挑高、寬闊的設計，有種簡潔的美。昔日的祕密基地，如今也都開放了，連廚房的廚具都明白讓看。二〇一五年九月還有個「Woddy 熊快閃」活動，一千三百一十四隻打扮成英國士兵的木頭小熊，占領紅毛城，從大廳壁爐到餐桌茶杯裡，都是小熊。

當時間用一百年來計算時，那些難堪很快就會過去，剩下的，就是小熊占領的小確幸，能夠在紅毛城裡喝杯咖啡，逗弄小熊，不是也挺美好的嗎？

04|07
鄭南榕紀念館 / 地址：台北市松山區民權東路三段一〇六巷十一號 3 樓 導覽預約專線：02-2546-8766

04|08
開放時間，每日早上九點到傍晚五點，週五延長至晚上九點。每月第一週的星期一、除夕、大年初一休園。
林本源園邸 / 地址：新北市板橋區西門街九號 TEL：02-2965-3061

APR 07

鄭南榕紀念館——自焚日，巷裡迴聲

旅行不光是追尋快樂，而是希望在旅途中找到人性深刻處，在歷史碎片中，看見自己，堅定自己。今天，我們一起去鄭南榕紀念館。

二〇一四年三月十八日，台灣發生歷史上第一次學生占領立法院，反對黑箱服貿，占領持續到四月十日。四月七日那天，立法院外亮起燭光，那一日，是鄭南榕自焚日。出生在二二八事件那一年的鄭南榕，雖然是外省孩子，卻因為受到二二八事件與白色恐怖的衝擊，堅持台灣必須獨立。

現在的台灣，喊獨立沒什麼了不起，立法院前甚至有台獨團體長期抗議，可是在當年，喊台獨是會被殺頭的。鄭南榕卻公開說：「我是鄭南榕，我支持台灣獨立。」

鄭南榕創辦《自由時代週刊》，主張追求「百分之一百的言論自由」。一九八八年十二月，週刊刊登了〈台灣共和國新憲法草案〉；隔年一月，他收到「涉嫌叛亂」的傳票。鄭南榕拒絕出庭，他說：「國民黨只能捉到我的屍體，不能捉到我的人。」警察來抓人時，鄭南榕在雜誌社內自焚而亡。一九九九年十二月，鄭南榕紀念館在雜誌社原址成立，裡面除了收藏鄭南榕的手稿、隨身物品外，還收藏包括《自由時代週刊》，以及當時社會運動的影像等等。如今的台灣，言論自由好像理所當然，鄭南榕遺孀、前立委葉菊蘭卻說：「自由民主，是那麼地痛啊。」

08 林本源園邸——戲台昨日落葉

從板南線捷運府中站二號出口右轉，沿著府中路直走，走過高樓矮房，會穿越到清朝，進入林家花園。

「林家花園」正式名稱是「林本源園邸」，花園開放，三落大宅則不容人擅闖。林本源園邸是台灣江南庭院代表，一八四七年興建，總面積六千零五十四坪。

當時林家家業傳承四代，被稱為台灣首富，園子裡的一切，無處不見首富家族的講究。汲古書屋讓子弟讀書、方鑑齋讓族人看戲吟詩、來青閣招待貴客、香玉簃是賞花、定靜堂宴客，甚至連賞月都有個月波水榭。風花雪月外，當時泉漳械鬥激烈，林家開始修築護城河、城牆。平常甚至有上百名壯丁戒備。

清朝極盛的林家，日治時期卻只能屈服。鹿港辜家崛起，板橋林家漸漸沒落，族人遠走，老宅邸日漸冷清。國民政府來了之後更慘，許多人到園子裡寄居強占，大園邸最後甚至成了鬼屋。

好不容易盼到國民政府安定，林家拿錢出來，請走強占的居民，再度恢復大宅安寧。最後甚至把土地都捐給政府，林本源園邸也正式由政府重建修繕。一九八二年被列為國家級古蹟。

繁華本來就不是永遠，《紅樓夢》的繁盛，不也在飄飄白雪中凋零。

04|09

李宅收涎與抓周需預約，兩位大人加一個小孩，收費一千兩百元。

蘆洲李宅／地址：新北市蘆洲區中正路二四三巷十九號 TEL：02-2283-8896

04|10

台北光點裡有光點珈啡時光、光點紅氣球、光點生活等，可以看電影、喝咖啡，甚至買些電影相關小物。

SPOT 光點台北電影館／地址：台北市中山區中山北路二段十八號 TEL：02-2511-7786

APR 09

蘆洲李宅——留下老宅，不讓歷史灰飛湮滅

如果擁有價值十億的土地，地上卻有棟百年老宅，你會開發這片土地，成為超級富翁；還是為了老宅，留下這片土地？

坦白說，我選賣地開發，蘆洲李宅卻做了相反的決定，李家不是超級富豪，而是以書香傳世，他們主動奔走，把老宅與土地都捐給國家，列管為古蹟。

蘆洲李宅又被稱為「李祖厝」，建造於咸豐七年，西元一八五七年。李宅大堂庭訓寫著：「二件事傳子半讀半耕」。李宅七廳五十六房一百二十道門，全屋沒有半根木柱，都是磚造石構，沒有精緻的雕梁畫棟，只求扎實傳世。

日治時期，李友邦堅持抗日，曾經入獄，兩個兄弟也都在抗日中死去。國民政府接收台灣後，李友邦的妻子嚴秀峰卻被羅織參加匪黨的罪名，打入大牢。隔年，李友邦亦以匪諜罪名入獄，最後在沒有公開審判的情況下，在新店山區被槍決。

經歷苦痛的嚴秀峰，在出獄後被家族所尊，住在公媽廳左側的第一間房，主導家族事務。她排除家族異議，堅持捐出老宅。

老宅推平了，過往的一切就隨之灰飛湮滅，那才是對不起夫婿，對不起祖先。

幸好老宅留下。如今已經是太平日子，老宅辦古禮，讓孩子們來收涎與抓周，李宅終於傳出笑聲。

10 台北光點——這裡就是一部電影

歷史比電影複雜，真實人生比小說殘酷。

中山北路有棟白色洋房，院子裡樹影飄搖，把喧鬧擋在屋外，只留下如電影一般的光影，在庭院裡晃盪著。

那是台北光點，台灣電影文化的家。

昭和元年，日本「台灣土地建物株式會社」蓋起這棟白色洋房，被美國租用為領事館。戰爭紛亂，時局變動，洋房多次轉手。二次戰後，美國大使藍欽看上這棟建築，改為美國駐台大使館，之後延續了五任大使。中美斷交後，美國駐台大使撤離，洋房再次陷入孤寂。

那段由美國大使作東，邀請文化界人士往來作客的繁華歲月，消散在荒煙蔓草間。文化界人士卻不願風華就這麼散去，他們奔走、陳情，終於在十八年後將這棟房舍指定為三級古蹟，並委由「台北電影文化協會」經營，當時的理事長，正是對台灣電影有深遠影響的侯孝賢，白色洋房正式命名為「台北之家」。

台北光點是台北的燦爛，是電影中那一瞬之光。現世煩躁，就躲進這裡看電影，電影散了別急著走，在庭院老樹下喝咖啡，看樹影搖晃，光灑下，粉塵漂流如歷史浮光。

每週一休館。

台北當代藝術館／地址：台北市大同區長安西路三十九號 TEL：02-2552-3721 #301

APR 11

台北當代藝術館——轉角撞到當代藝術

在光點同一個街區，還有間「老是闖禍」的藝術館，台北當代藝術館。它幹的活可刺激了。這棟日治時期興建的美麗紅磚房舍，本來是給日本孩子就讀的「建成小學校」，後來變成台北市政府辦公室，在一九九四年北市府遷到信義計畫區前，台北市的總樞紐就在這裡。二〇〇一年成為台北當代藝術館，兩翼則是建成國中的教室。

雖然跟學校綁在一起，當代藝術館可不會乖乖坐在小板凳上當好學生，它不時衝撞社會！二〇一一年，「使蒂諾斯之夢遊美術館」就惹來麻煩。使蒂諾斯可是安眠藥啊，藝術家突發奇想，邀請有處方籤的參觀者吃藥逛美術館，衛生署氣得跳腳，吃了安眠藥就該乖乖回家睡覺，出門太危險！藝術家只好承認給參觀者吃的是糖果。姚瑞中一幅「他玩你死」，紅色怪物強壓著綠色女人的交媾圖，大剌剌對著人來人往的長安東路，雖然講的是有權者的施暴，卻太明白刺激。家長猛投訴，最後只好把畫作移進博物館。

這幾年的博物館好像「乖」了些，館方還舉辦「街大歡囍」塗鴉活動，跟在地居民一起為赤峰街塗鴉，把藝術館的動線向外延伸。週末在附近散步，古蹟裡、巷弄牆上都是藝術，相安無事。我除了慵懶享受從古老大窗灑進來的陽光外，卻還是很壞心地期待，不知道下次又會有哪個藝術家衝撞出刺激火花？

西門捷運站／地址：台北市中正區寶慶路三十二之一號B1，松山新店線及板南線交會站。

12 西門町六號出口——螢光色的世界

藝術館搞衝撞會被抗議，那就往街頭叛逃，隨心所欲作怪吧。是的，我說的就是西門町。

要說台北哪裡是我真正害怕又喜歡的黑洞，大概就是西門町，過了穿熱褲的年紀逛西門町，常會自卑。那裡是滿滿的螢光色啊！無論路邊掛滿柱子的襪子、帽子，還是占滿整牆的衣服，甚至舔著冰淇淋，歡笑盈盈從飾品店走過的少女，那麼年輕俏麗！

坐捷運到西門町，最好從六號出口鑽出來。導演林育賢就拍了電影《六號出口》，來講西門町的奇幻青春故事。從地底鑽出來後，是大片廣場，少男少女來來往往。大幅電影海報，從高樓垂下；轉角有真善美電影院，小廳播映冷門的藝術電影；正對面是紅樓，北廣場是白帳篷創意市集，南廣場則有同志酒吧。

大樓與大樓間，有無數暗巷，通往各種奇異之境。小廣場有街頭藝人用豎琴演奏久石讓的音樂；刺青店牆上充滿塗鴉；制服店（不是那個「制服店」）外牆上掛滿了名校制服。許多巷子陰陰暗暗，彷彿一走進去，就會消失。

想探險，就往西門町去吧。別擔心在暗巷走失，看見螢光色街道，拐出來，就能重見光明。

西門町電影街主要指武昌街，目前仍有七、八家影城，在捷運六號出口旁的「真善美」，依舊播放著藝術電影。
真善美劇院／地址：台北市萬華區漢中街一一六號 7 樓 TEL：02-2331-2270

APR 13

西門町電影街——從旗袍美人到尖叫少女

西門町的風華不是現在才有，在日治時期更不得了。以前這裡可是台灣的「電影重鎮」，一條電影街，風光得不得了。

原以為商業中心移往東區，各大影城崛起，這裡就要蕭條了。但西門町就像打不死的蟑螂，才不會束手就擒！沒有影城，把明星搬來救援更有力！

日治時期的西門町，是繁華所在，台灣第一座劇院「浪花座」就是在西門町。一九一一年，西門町有了第一座電影院「芳乃亭」，也就是如今的國賓戲院。

一九四〇年代，西門町戲院進入「軍備競爭」時期，最高峰期，西門町曾經有三十七家電影院。新生戲院盛大落成後，樂聲戲院也不服輸，馬上改裝，分成上下兩層，還有大型吊燈比奢華。那個年代，去西門町看場電影約會，男生要打扮得像紳士，女生可是要把頭髮吹捲了穿小洋裝。

電影街現在除了看電影外，最大的功能就是大型簽唱會，一到週末就擠滿尖叫的少女。到了那兒，不講禮數，比瘋狂。少女不只要美，還要吸人眼球，能被偶像瞧上一眼，死了都值得。

能夠從優雅旗袍美女轉型到短裙活潑少女，誰能說西門町不厲害？

紅樓的同志酒吧不分性傾向，只要懷抱友善，任何人都可以大方進去，點杯飲料，自在享用。

西門紅樓 The Red House / 地址：台北市萬華區成都路十號 TEL: 02-2311-9380

14 西門紅樓——同志的夏夜晚風

除了螢光色，西門町有塊角落，是美麗的彩虹顏色。在西門紅樓。

紅樓跟同志一樣，都有一段被遺忘在角落的顛簸歷史。紅樓原本是日治時期的公有市場，國民政府時期，它先是改名紅樓劇院，專門演京劇、說書、話劇。可時代改變，沒人要看這種老戲，劇院又改為戲院，專門演武俠片、黑白片、二輪洋片。

時代把紅樓拋棄，只有無處可去的同志記得紅樓，這裡的沒落正好收留寂寞的他們，許多同志來這裡約會。

一九九〇年代，紅樓被指定為古蹟，緊接著紙風車來了、台北市文化基金會也來了，最時髦的文創產業正式進駐紅樓。紅樓一樓展示了過往歷史，茶坊裡靠著窗有老沙發、老茶几，另一側則是文創工作室；十字樓的河岸留言 Live House 舉辦超過一千場演唱。北廣場到了週末，則搭滿白色帳篷，沿街都是創意小鋪。

同志也光鮮地回來了。隨著同志運動的推進，同志不再躲躲藏藏，相反地，這回他們在南廣場開起同志酒吧，春風吹來，舒舒服服地喝杯啤酒，說笑八卦。

美好的晚風，本來就屬於每一個人。

中山堂／地址：台北市中正區延平南路九十八號　TEL：02-2381-3137

APR 15 中山堂——忘了尼克森，記住林懷民

台灣到處都有中山堂，明明是個集會處，偏要取個名字，紀念「偉人」，而且紀念同一個偉人。大概名稱太無聊，我對「中山堂」的記憶都很糟糕，只記得學生時期無聊的大型朝會、無聊的畢業典禮。一想到大大的禮堂，就很想逃跑。

台北的中山堂是全台灣第一座「中山堂」，日治時期被稱為「公會堂」，專門供城市做大型集會。蓋了四年，一九三六年才完工。當時為了防空襲，外牆設計為淺綠色。日本戰敗，公會堂也改為中山堂。

中山堂當然有輝煌的歷史，陳儀就是在此代表國民政府接受日本受降；中華民國第二、三、四任總統，在此舉行就職大典；這裡也曾舉辦過無數場國宴，招待美國總統尼克森、越南總統吳廷延……

然而，真正讓人記得中山堂的，卻不是這些歷史人物，而是藝術家。楊弦在這裡吟唱余光中的《鄉愁四韻》，開啟了民歌年代；林懷民在這裡舉辦台灣第一次現代舞演出，後來更創立了雲門舞團。

如果不是查維基百科確認，誰會記得尼克森曾經來這裡吃飯？而我們卻深深記得，民歌的美好、舞蹈的美好。

藝術的力量比政治深遠。

草山行館餐廳提供「蔣公私房菜」，吃頓蔣公喜歡的「獅子頭套餐」，只要伍百元。

草山行館／地址：台北市北投區湖底路八十九號 TEL：02-2862-2404

16 草山行館——口水止息，山風不息

草山行館有很多故事。日本裕仁天皇曾經匆匆來了兩小時；一九四九年十二月，蔣中正總統帶著蔣宋美齡到台灣時，在此住下，士林總統官邸蓋好，又匆匆離去。

因為是第一間官邸，人們對它有種親暱感，稱它為「草山老官邸」。蔣中正在台灣蓋了三十幾座行館，有些行館甚至從來都沒有住過，只有草山老官邸，他不斷重返。這座夏日行館招待過許多貴客。麥克阿瑟將軍、尼克森夫婦，都曾在「飲和堂」的長廊下，與蔣大人一起午茶，遠眺關渡平原。許多重要法案都是在這裡談定，也就是現代人說的「黑箱」。

蔣中正總統離世後，草山老官邸就此荒廢。直到二〇〇二年老官邸重整，定名為「草山行館」，二〇〇三年正式對外營運，官邸不再神祕，人人都可以到屋後長廊下點杯咖啡，假裝是個大人物憂心遠眺，其實只是發愣罷了。

二〇〇七年，一把至今追查不出的汽油火，把整個行館燒了，只留下入口。當時正好是陳水扁總統執政，房子燒了，原因不明，人人都想吐口水，把原因導向當時的「去蔣化」。台北市文化局則馬上下令重建，用日本最專業的團隊，連牆壁都用七十年前的老工法，編織小舞壁。如今，距離初建成將近百年，天皇、蔣公都已仙逝，口水戰也停了，草山的山風卻不停歇。

APR 17 林語堂故居——誰在天上說笑？

我們家沒有清明吃潤餅的習俗，我第一次在清明吃潤餅，是因為韓良露辦的潤餅節。在幽默大師林語堂的故居，聽韓良露說笑，吃來自泉州的潤餅，是每年春天最美好的春宴。老牌的欣葉台菜餐廳掌廚，「有不為齋」擺滿小菜，廚師在廊簷下包潤餅，餅裡不只包蝦子、白菜、花生粉，還夾烏魚子。

渴了有春茶潤喉，飽了就繞到林語堂故居後方的陽台，吹風遠望關渡平原。林語堂生前也喜歡坐在這裡吹風，寫下：「若無所思，不亦快哉。」

光吃餅喝茶不夠巧，韓良露還找了南管名家王心心來吟唱，來自福建泉州的南音在庭院繚繞。巧的是林語堂就是福建人，雖然從中國到台灣，但同講閩南語，所以他沒有異鄉漂流之感，反而笑稱：「聽見隔壁婦人以不乾不淨的閩南語罵小孩，北方人不懂，我卻懂。不亦快哉！」

潤餅節雖然持續，故人卻離去。韓良露因病驟離，眾人驚愕。她的追思會就辦在美麗的林語堂故居。王心心依舊在中庭吟唱，昔日的主人林語堂，後來的過客韓良露，卻身影不再。一陣風吹過，林語堂種的竹子沙沙響，莫非這兩位幽默文人在天上說笑？

04|17

故居的「有不為齋」是昔日林語堂的客廳與餐廳，如今也開門營業，賣餐點與咖啡，沒有潤餅，來份廈門蒸魚排也很不錯喔。

林語堂故居／地址：台北市士林區仰德大道二段一四一號 TEL：02-2861-3003

04|18

少帥禪園有午茶、晚餐、泡足池和湯屋。由於張學良、趙四小姐愛吃鮮魚，所以漢卿美饌的清蒸鮮魚料理特別好。

少帥禪園／地址：台北市北投區幽雅路三十四號 TEL：02-2893-5336

18 北投少帥禪園——人走了，密室隨人張望

北投幽幽山徑裡，藏了一座少帥禪園，張學良被軟禁的歲月間，曾短暫居住，北投別墅落成後，他就搬走了。一九九〇年，李登輝執政第三年，張學良九十歲，終於被釋放。他選擇移居美國夏威夷，並在美國逝世，得年一百又一歲。

張學良大半生由不得己，自嘲：「我的人生三十六歲之後就沒有了。」西安事變後，他被蔣中正軟禁，一路帶上，從浙江奉化到湖南、貴州，甚至到了重慶的戴笠公館。到台灣後，主要幽禁在新竹五峰，移往高雄壽山養生後，再度移回新竹，最後才到北投。

北投這個居所是日治時期的新高旅社，日本神風特攻隊的慰安處。這對張學良真是莫大諷刺，當初因為蔣中正不願意抗日，堅持先剿共，加上威脅要對抗議學生開槍，張學良才發動西安事變囚禁蔣中正，沒想到老來卻被軟禁在此。

張學良一生傳奇，死後一切卻攤開給世人看。少帥禪園裡的漢卿美饌、小六茶鋪、雙喜湯屋，名稱都來自他的字號乳名，餐點，也是張學良的私人食譜。

站在寬闊露台眺望關渡夜景，忽然想起張學良說的：「我個人的地位，我隨便怎麼樣，我走開，就完了。」他萬萬沒想到，他走開了，密居之地也打開了，連私人膳食都隨人享用。

04|19

杜月笙墓／在汐止火車站下車後，先找到秀峰國小，往學校後面的小徑走，杜月笙墓就在後山上。

04|20

士林官邸全年無休，平日開放時間為上午八點到傍晚五點，週末及假日延長至晚上七點。

士林官邸／地址：台北市士林區福林路六十號　TEL：02-2881-2512

APR 19 汐止杜月笙墓園——人生計算到最後，只有悲涼

在汐止半山腰上，穿過雜草叢生的石階，在路旁看見小小石碑刻著：「杜墓界」。跨過這條隱形界線，裡面是時空結界，上海皇帝杜月笙就躺在裡面。

杜月笙曾經在上海呼風喚雨啊。四歲成為孤兒的他，在水果行打零工、混流氓，因緣際會認青幫頭子陳世昌為父。杜月笙聰明、夠狠，地盤越拓越大。抗日戰爭時，他在物資上大力協助抗日。抗戰勝利後，他勢力已經大到流言傳說他將接任上海市市長。最後他不只沒有接任市長，連兒子杜維屏都被蔣經國關了六個月。在江湖刀尖上混，他馬上知道風向變了。

一九四九年，杜月笙到香港，無論中國的共產黨或台灣的國民黨，都想拉攏他，他在報紙上看到昔日同為富豪的友人在中國掃街；台灣的《中央日報》則罵他流氓頭子。兩邊領導人說再多花言巧語都騙不了他。兩年後，他死在香港，移靈台灣安葬，據說安葬時「萬人空巷」，蔣中正還坐直升機在他墓園上方盤旋。

然而，也就這麼多了，五十年來，他的墓就這麼任憑雜草亂生，台灣人對他沒有情感，只剩下中國旅客來追尋，看到墓園都唏噓，一心想把墓移回中國。台灣的文化局也巧妙，知道陸客多了，開始盤算是否要重新整修，賺點觀光財。

人生悲涼，計算什麼呢？走了之後，也就只有一坏土。

20 士林官邸——玫瑰再香，香不過姊妹的衣裳

三月底，士林官邸的梅花初凋，玫瑰卻要盛開。

士林官邸是蔣中正與宋美齡在台灣落腳二十六年居住的「家」。他們倆的家當然不同一般，那原本是省政府農林廳的園藝試驗分所，因為被山環抱，又有中山北路直通總統府，很快就被欽定為官邸。

十三公頃的土地，除了有總統夫婦住的正館，還有做禮拜的凱歌堂、散步看風景的慈雲亭。內外花園則一中一西，現有的園藝區則是菜園，專門種菜給總統夫婦享用。

官邸還有座玫瑰園，種了五千株玫瑰，玫瑰園的盡頭是梅樹。玫瑰是蔣宋美齡的最愛，梅樹則是蔣中正喜愛的樹，從冬日到初春，花朵怒放。

我則在偌大的官邸花園，想起曾經在上海去過宋慶齡故居，比士林官邸簡單樸素，後院是高大樟樹，宋慶齡喜歡樹。宋慶齡的抽屜裡，收藏了她與宋美齡的信，因為政治而永生相隔的姊妹，直到死前，都無法再見上一面。蔣中正逝世後，蔣宋美齡定居美國，聽聞宋慶齡過世消息後，宋美齡數天不語，寫道：「好在孤獨有期，而重逢是可待的。」文章真偽難辨，卻說透了兩姊妹的寂寞。

蔣中正與宋美齡奪走許多人的性命，對台灣造成難以回復的傷害。在夜深人靜的時候，他們擁有的卻也不是幸福，而是無盡的孤獨。

四四南村還留下昔日的防空洞，如今已經成為小山丘。眷村廣場到假日還會有市集。

信義公民會館（四四南村）／地址：台北市信義區松勤街五十號　TEL：02-2723-7937

APR 21 四四南村——歲月浸泡的青苔破牆

第一次走進四四南村屋後的小巷弄，我眼淚差點掉下來。我小時候的村子就長這個樣子，屋後小巷歪歪扭扭，小巷旁永遠有蓋子不齊的小水溝；老牆上長著青苔，有個小木窗與雙眼平齊；僅容一個人過的木門，總是漆成紅色，門片下面都爛了。

這就是我從小長大的眷村啊。一九四九年後，中華民國撤退來台，為了安置家眷，台灣四處蓋起眷村。那是無比困苦的年代，簡單圍起來就是家，有點錢，就把竹籬笆拆了蓋牆；再有點錢，多搭個小房間偷偷伸出去。整個村子蓋得歪七扭八，迷宮一般，只有生活在裡面的孩子會鑽。

眷村全面改建後，我的村子也被拆掉，我們把地圖上消失的「新竹市建台街二十號」門牌帶走。最終，屋瓦拆光了、門前的鳳凰木砍掉了，我們的童年不見了。

沒想到我會在台北闖進以前的村子。當然，四四南村的門面很「整潔」，畢竟是信義計畫區，草皮短得像紳士的鬍鬚，不可以有一根雜毛亂竄；廣場乾淨得像淑女的裙子，不容許一絲皺褶。

改建的公民會館裡賣起培果、咖啡，牆壁太白、椅子太新。想看見真正的眷村，就到後巷，眷村本來就該老舊，該留著牆上的青苔啊，每一吋漫生的水漬，都是幾十年歲月浸泡出來的。

寶藏巖開放時間為上午十一點到晚上十點，展覽則開放至晚上六點。各微型聚落與藝術家工作室開放時間不一。

寶藏巖寺／地址：台北市中正區汀州路三段二三〇巷二十三號 TEL: 02-2365-5537

22 寶藏巖——蜿蜒小徑裡的生命力

信義區的四四南村化了不自然的妝，還好，公館小山坡上的寶藏巖還是舊模樣。

這裡有間寶藏巖寺，所以整區都被稱為寶藏巖。寺廟建於清朝，為保佑泉州安溪移民而建。這個小聚落的身世曲折簡直是台灣縮影。它原本只是安安穩穩的一座觀音亭，卻因為地勢高，從日治時代就變成要塞；國民政府來台初期，戰事不穩，這裡仍是軍事要地，直到兩岸關係平穩，小小山坡開始蔓延成小聚落，榮民、軍眷搭起可以遮風避雨的家，沒材料就到新店溪裡搬石頭、到荒廢碉堡搬磚塊，慢慢堆成家。

大學剛畢業那幾年，身上沒什麼錢，找到這個彎彎曲曲的小村落想租間便宜的房，拐好幾個樓梯，進到一間小平房，房子裡不知為何，還有一根消防隊員滑下來用的鐵管。不只屋外小路像迷宮，屋子裡也讓人摸不著頭緒，只能放棄。

一九九〇年代，台北「進步」了，容不下雜亂山城，住在小屋子裡的人卻無處可去。抗爭十幾年，終於，這裡以「寶藏巖歷史聚落」的名義被留下。除了少數居民仍住著，藝術家也來駐村，也有了國際青年會所。二〇〇四年，寶藏巖甚至被《紐約時報》選為台北最具特色的聚落，與一〇一齊名。

如今的村子，四處可見藝術家塗鴉，也常常有舞蹈、戲劇的表演。黃昏時分，金色陽光灑在這個「破爛」的村子，一吋一吋都是歷史，那是任何高樓大廈都無法取代的。

04|23

這裡除了「跳舞咖啡」可以享用餐點外，也可以包場辦活動，舉辦戶外婚禮。

訂位服務：02-2523-3645

蔡瑞月舞蹈研究社／地址：台北市中山區中山北路二段四十六巷十號 TEL：02-2523-7547

04|24

保生文化祭每年在保生大帝神誕前一日，農曆三月十四開始。

大龍峒保安宮／地址：台北市大同區哈密街六十一號 TEL：02-2595-1676

APR 23

蔡瑞月舞蹈研究社——玫瑰古蹟裡的舞者身影

蔡瑞月舞蹈研究社，又被稱為玫瑰古蹟，那裡是台灣現代舞的基石，也是譜出台灣第一支現代舞的舞蹈家──蔡瑞月的舊居。

一九二一年出生的她，十六歲就到日本留學習舞；日本戰敗後，她帶著滿心希望，想回台灣貢獻所學，她在甲板上舞出的《印度之歌》，是台灣第一支現代舞。

在幽暗時代跳舞，並不容易。當時有好多留日學生帶著熱切的心回到台灣，政治現實卻把他們打入地獄。二二八事件後，先是她的丈夫雷石榆入獄，不久後，她也被抓入監牢。她在小小的牢房繼續教舞、跳舞。三年後，她終於出獄，她問特務：「為什麼抓我？」特務只說：「思想動搖。」

這次出獄後，她找到現今的房舍，開起舞蹈教室，卻一路被刁難。奮戰到六十餘歲，蔡瑞月累了，移居澳洲。一九九四年為了興建捷運，要拆除舞蹈社，藝文界發起救援活動，蔡瑞月也為此回到台灣。一九九九年九月二十七日，舞蹈社終於被指定為古蹟，三天後卻被無名火燒燬。所有珍貴的照片、舞衣，都這麼燒了。

蔡瑞月站在焦黑的房子裡，決定原地重建。她絕對不要認輸，不要放棄。

這是一棟浴火重生的建築。我們被折磨過，但我們永遠不會放棄，我們會在陽光下繼續跳舞、唱歌。

24 大龍峒保安宮——硬頸宮廟，留下活文化

有陣子迷上歌仔戲，在愛看戲的朋友帶領下，去保安宮看戲。

保生文化祭是台北很重要的文化慶典。每年農曆三月十五保生大帝生日前一日，保生文化祭就開始，生日當天還有古禮舉辦的三牲祭典、泉州同安帶來的過火習俗，接下來的一、兩個月，廟埕裡是不間斷的酬神活動，日日有戲台，從歌仔戲到北管、布袋戲。我在廟埕穿梭看戲，就像小時候到外婆家看戲。

不只戲好看，保安宮的建築修復也大有文章，為了保持傳統與主導權，保安宮修復時拒絕政府資金，一切自己來，還從國外邀請修復師，細細整修，整修後成為廟宇修建的典範。

後來再去保安宮卻是為了祈福。鎮守保安宮的保生大帝，是乾隆年間從泉州迎來的醫療之神吳本。當時渡海的唐山受不了台灣的瘴癘之氣，紛紛倒下，把保生大帝迎來保佑渡海蒼生平安無病。

天光漸暗，香燭搖曳，我點著香，祈求保生大帝保佑，闔家平安。

APR 25

紫藤廬——落魄江湖者的棲身所

擾攘的新生南路上，有間老屋，院裡滿是紫藤，細細密密。裡頭則是低聲笑語、隱隱茶香。這裡是紫藤廬，原本是官舍，一九七〇年代，台灣民主運動初萌芽時，許多年輕奮戰的人在這裡找到夥伴，得到安慰。

這裡散步就能走到台灣大學，教授宿舍就在附近。五〇年代，殷海光、李敖等人在此出入，議論時事；七〇年代，陳水扁與謝長廷在這裡商議如何營救因美麗島事件落獄的前輩。

一九八〇年代，紫藤廬改為茶館。老闆周渝熱愛茶道與藝術，不只舉辦茶藝會，還資助許多年輕畫家。來自基隆的畫家郭娟秋就曾得到周渝的贊助，展開畫家生涯。三十年後，郭娟秋已經成為台灣當代重要的女畫家，仍舊會回到紫藤廬辦畫展，把畫重新掛回老牆上。

時移事往，這裡不再充滿政治密語，也不再有悲憤，偶爾一陣風吹動垂落的紫藤，風停了，彷彿什麼都沒有發生過。

04|25
古蹟開放於早上十點至下午五點參觀，茶館則從早上十點營業至晚上十一點。
紫藤廬／地址：台北市大安區新生南路三段十六巷一號 TEL：02-2363-7375

04|26
俄羅斯軟糖小包一百八十元，大包三百五，每日現做，不添加防腐劑，快快吃完才是王道！
明星咖啡館／地址：台北市中正區武昌街一段五號2樓 TEL：02-2381-5589

26 明星咖啡館——詩人引來的傳奇

台北再也沒有一家咖啡館比明星咖啡館傳奇。

明星咖啡館原本是上海霞飛路上，落魄俄國貴族開的餐廳；一九四九年，跟著國民政府到台灣，是當年少見的高檔西餐廳，主打俄羅斯菜，蔣經國的夫人蔣方良常常在此與友人聚餐。

蔣中正過九十歲生日時，不只總統府來明星訂蛋糕，五院、官邸、僑委會、國防部、外交部……等，都來訂九層蛋糕，算一算總共要九十個蛋糕，師父忙了整整一個月。

至此，明星還不傳奇，只是有名氣。直到詩人來了，周夢蝶在一樓的騎樓下擺攤賣書，許多文人跟著詩人來，有時候捧著書，就直接到二樓讀書寫字。讓人帶來傳奇。《現代文學》、《文學季刊》、《創世紀詩刊》都在此醞釀生成，白先勇、陳若曦、王文興、尉天驄、陳映真、黃春明、三毛、林懷民、季季、龍應台……，所有喊得出名號的老派作家，年輕時都在這裡出入。

跟紫藤廬的熱血激昂不同，來這裡的作家，多半靜靜地坐在沙發椅上，改自己的稿子，陽光穿透盆栽，從高高的窗戶外灑在他們的稿紙上。白先勇說：「台灣六〇年代的現代詩、現代小說，靡著明星咖啡館的濃香，就那樣，一朵朵靜靜地萌芽、開花。」

APR 27

土城承天禪寺——牆外油桐花開

在清源山裡，有座承天禪寺，是為廣欽老和尚所蓋，用以安定僧眾。山坳處，白牆綠瓦，無比清幽。站在廟前，可以遠眺整個新北市，從板橋、土城、林口，一路張望到蘆洲、五股……天晴時，甚至可以看見整個台北市區，以及淡水河的出海口。

六十年前，當廣欽老和尚來到清源山時，這裡還是一片荒地，老和尚用竹子纏成一把椅子，再鋪點稻草，往上一坐就開始講佛法。信眾日多，想為老和尚蓋間寺廟，蓋成後起名「承天禪寺」，老和尚在福建出家時，就是在當地的承天禪寺。如今他落腳台灣，寺廟建成，便遙記故鄉。但老和尚說：「承天禪寺不是我的，如果是，我就成了守廟的廟公了。」

老和尚是苦修的，睡不倒臥，樹下即可修行，洞穴裡即可閉關。他說：「我出家後，人家都瞧不起、欺侮我，而我認為這是最好的境界。」只有打破對順逆境的分別心，才是苦修，在苦中才能開啟智慧。苦修塑造承天禪寺的道風，寺中人人皆領有職務，一邊念佛，一邊工作。念佛不是高高在上、了不起的事，而是在每一天的苦修中。

現代人受不了苦修，能偶爾有些清淨便不得了。桐花開的季節，人像蝴蝶遇上花，紛紛上山追花，因為這裡是新北市最美麗的油桐花步道之一呀。

苦修的師父們看到桐花飄落的絕美姿態，安靜的心還是會微微悸動吧？

04|27
山門開放時間：
夏季為凌晨三點至晚間六點半，為凌晨三點至晚間六點。
承天禪寺／地址：新北市土城區承天路九十六號 TEL：02-2267-1789

04|28
三峽染工坊／地址：新北市三峽區復興路三六七巷一弄二號 TEL：02-2671-2608

28 三峽——風中飄揚的藍染

世間事總是讓人遺憾。三峽祖師廟由藝術家李梅樹主導修建，他用追求藝術的精神修復，請石藝雕刻家、木藝雕刻家，細細刻劃每一根柱子、每一面牆。

三峽祖師廟的藝術成就，本來是傲人的，可惜李梅樹死後，藝術精神也跟著死去。當第一根制式石柱進了三峽祖師廟，一切就跟著改變了。原本，藝術家雕刻的孔雀，展翅時彷彿羽毛都要落地了，如今也就是一面刻過的牆。

三峽老街則是北台灣最長的老街，建於日治大正五年，充滿大正時期的仿歐華麗風，長街上主要以希臘圓柱與羅馬拱門為主。重修後的老街，開了很多新鋪子，最有名的就是三峽金牛角。

逛完老街，記得去藍染工作室動手染塊布。三峽出產大菁，是很好的染料，讓三峽成為藍染的重心。如今，人們不再需要這些染布，這獨特的行業幾乎消失。但是三峽藍染工作坊捨不得這樣美麗的布就此消失，於是在老房子裡開起「染坊」，只要預約，就可以動手染一塊自己的布。

把染好的藍布成排掛起，風微微地吹，襯著藍天與紅磚牆，總算還是有些美好的事物，被留下來了。

日本宿舍群有北海道民宿提供住宿，走日式榻榻米風，很值得一試。菁桐礦坑口也有「菁桐山居」，樸素乾淨，可以體驗山居生活。

菁桐車站／地址：新北市平溪區菁桐街五十二號　TEL：02-2960-3456

APR 29-30

菁桐——如霧起時

菁桐最美的季節是春天，當霧起時，小鎮彷彿蒙上一層飄揚白紗，綠色的老樹、溪水，也跟著晃盪。

菁桐是鐵路平溪線的終點，也是當時礦業的主要小鎮，石底大斜坑是台灣第一坑，也是平溪最深最長的礦坑遺跡。菁桐礦業最興盛的時候，小鎮住了上萬人，菁桐國小有一千五百名學生，小小學校容納不了這麼多學生，只好分成上午班、下午班。台灣礦業因接連礦災沒落後，礦工走光，這裡變成一座空城。菁桐國小的學生不足百人。

菁桐另一個聚集人潮的地方，是菁桐火車站，它是平溪線唯一保留下的木造車站。這個美麗小車站，也是《那些年，我們一起追的女孩》取景的地方。菁桐靠著觀光，又找回些熱鬧。

想看見真正的礦工生活，得走遠些，到薯榔村一號坑，那裏有幾棟連排的紅磚屋，屋頂跟矮牆都塌了，那裏才是礦工的真實生活，小小一間屋子，分隔成好幾戶人家居住。如今，人走牆塌，小屋淹沒在雜草中。

因為採訪的緣故，聽了好多礦工慘死的故事，在垮掉的房舍間走動，忍不住害怕，萬一起霧了，會不會在霧中撞見回家的死去礦工？

DRC 1033

五月
微風習習，笑語爽爽

台北雖然不得已有許多開發，幸好，我們留下很多公園。在河濱公園，我們可以看到金光水面，可以讓孩子奔跑，小狗打滾，少年在棒球場燃燒熱血；在森林公園，我們可以賞鳥，聽音樂會。

城市裡最珍貴、奢侈的，不是搶著出頭的摩天大樓，而是草地與大樹。

五月台北，微風襲人，帶上小狗，一起去公園走走吧。

05|01
迎風公園位於河濱，無大樹遮蔭，秋冬風大，夏日赤曬，狗主人要做好防風或者防曬準備，記得幫小狗準備水碗，時時補充水分！
迎風河濱公園 / 地點：迎風河濱公園金泰段（塔悠路底，民權大橋下，基河六號水門進入左轉到底約一公里）

05|02
遇到大型活動時，現場停車不便，建議搭乘大眾運輸工具。
大佳河濱公園 / 地點：位於台北市中山區，大直橋西側至中山橋東側間的基隆河岸。

MAY

01 河濱迎風狗公園——逍遙的快樂小狗

我每天最快樂的時刻，就是下班回家，打開家門那一瞬間，小狗飛奔到門邊，熱情搖尾巴，彷彿我們已經分開一整年。而我每天最難過的時刻，就是背上書包出門工作時，小狗尾巴垂垂，站在遠遠的牆邊，用哀怨的眼神看著我，問我：「不能帶我一起去嗎？我們去公園跑跑不是很好嗎？為什麼要把我放在家裡？」

為了稍稍彌補把小狗放在家裡的愧疚，假日我們一定帶小狗去跑跑。感謝迎風狗公園，讓小狗可以盡情奔跑。

面對基隆河的迎風狗公園，完全從狗的角度思考。一公頃的自由天地，小狗們可以不繫狗鍊，自在奔跑。狗狗公園還貼心地區分大狗、小狗，免得讓體型差異過大的小狗驚慌。進出有兩道小門，免得小狗亂衝亂撞走丟；公園裡有水槽，狗狗玩累了不怕口渴；角落提供便便袋，讓主人隨時清理狗便；高低起伏的檯子，讓平常被悶壞的小狗可以爬上爬下亂跑；噴水池不時會噴出小水花，讓小狗放心玩水。

看小狗在草地上飛奔、打滾，開心得舌頭都掉出來了，我終於對得起牠了。

02 大佳河濱公園——殭屍和新娘都來了

基隆河畔的大佳河濱公園，占地有四十二萬平方公尺，平常空曠，可是到了假日，路跑行程可是滿檔啊，幾乎成為全台北路跑活動最多的公園，路跑主題也多到讓人眼花撩亂。

C.H WEDDING 在這裡舉辦了超浪漫的 Couple Run，這一天，大佳河濱公園飄滿愛的泡泡，「新娘們」帶著美麗頭紗，很多人還特地穿上篷篷短裙，連終點都是個大大的愛心是想逼死誰！路跑證書還是份愛情證書。除了年輕人來跑步，當天甚至有阿公阿嬤穿上整套的白紗、西裝，大大方方在河濱公園放閃。

當然囉，同志也是要放閃的，大佳河濱公園也舉辦過彩虹路跑，除了有彩虹旗，大佳河濱公園跑道上，擠滿了披著彩虹毛巾的同志，跑完後，同志伴侶手牽手散步，閃光度一樣破表。

不喜歡小甜蜜的人，可以參加殭屍路跑！路跑分成「人類組」、「殭屍組」，人類組身上別了三條紅色彩帶，代表「命」，可以提前十五分鐘開跑，殭屍組的任務，就是把「命」奪走。規則中還明定，「人類組遇到殭屍時只能以跑、跳、爬、閃、翻滾等方式躲避殭屍，不得謾罵或攻擊殭屍；殭屍組狩獵過程不得咬、抓、衝撞、持物攻擊或謾罵跑者。」看到這樣的規則，不禁祈禱大家可以活著跑完全程。

MAY 03

蘆洲微風運河——人們如微風般，輕颺地笑了

第一次知道蘆洲有個微風運河，心裡輕輕悸動了。我們在台北討生活，一直都活得很匆促緊張，能有條人工運河，不只開了河道，設置狗公園，還取了個名字「微風」，輕巧地提醒我：「慢慢來啊，像微風一樣輕緩。」

人工開鑿的微風運河，是符合國際標準的划船競技場，滑水協會在這裡成立訓練基地，而且不只專業的能來，想試試水上獨木舟的人，也可以預約體驗。在美國旅行時，朋友家的後院就是河，在河裡划船是很常見的休閒，可惜台北有這麼多河道，真正能讓人親近的，少之又少。

運河旁有座微風公園，這是二重疏洪道最美麗的景色。每到假日，公園裡就聚集了人，爸爸把小女兒背在肩上看河景，年輕人在河堤跑步，小狗懶懶地躺在河邊曬太陽。微風吹過，河面波動，夕陽下，每個人都掛著微笑，這才真正的好日子啊。

05|03

微風運河在疏洪一路往八里方向，成蘆大橋旁。無大眾交通運輸可達，必須開車。

國道一號：由三重交流道下，接成功路轉二重疏洪道即可。

由忠孝、台北、中興橋進入三重埔往二重埔重新路，上防坡堤就能看見微風公園。

微風運河／地點：新北市五股區成蘆大橋旁

05|04

島頭公園交通：開車沿著沿著延平北路一直開，這條路是台北「段數」最高的一條路。到底了，島頭公園也到了。

社子島島頭公園／地址：台北市士林區延平北路九段二一二號

04 社子島島頭公園——吃了大象的蛇

在基隆河、淡水河交界的社子島，雖然因為地勢與位置，水患不斷，被規劃為洪氾區，限制開發，因此島上沒有新建築。

不過這幾年，社子島多少有了新氣象。河濱步道修築完成後，環島自行車道可以悠哉繞行河邊。島的尖端，也是兩河交會處，則用基隆河疏濬的廢土填成公園，稱為「島頭公園」。公園對面就是關渡平原，鄰近還有紅樹林保護區，天上海鳥飛，灘上招潮蟹忙著亂跑。

但只改造成這樣還不夠，歷任台北市市長都為了土地不夠用而傷透腦筋，都想開發社子島，創造更多高價值建地，把河堤、土地都墊高，開發成台北曼哈頓。

為什麼開發就一定要蓋房子呢？人需要的，不只是房子，而是更多的喘息空間哪。

有一群人對社子島提出更美好的想像。這裡已經有三座乙組棒球場，甚至還有一支「社子島棒球聯盟」，如果把整個社子島變成一座運動公園，豈不更好？東京的多摩川旁有無數棒球場，大大小小，從專業球場到少棒比賽的球場、練習場，一應俱全。傍晚時分，河邊都是打棒球、看棒球的人。

人們總形容社子島的形狀像個「鴨子頭」，其實，它更像《小王子》裡吞了大象的那條蛇，都市發展為什麼不能少點利益，多點想像力？

MAY 05

美堤河濱公園野餐日——裝裝樣子也開心

繁忙的堤頂交流道旁，有個悠閒的美堤公園，依傍著基隆河，河對岸就是信義計畫區，一〇一站在遠處。松山機場也在對岸，常常可以看見飛機飛過天際。

美堤公園也有長長的腳踏車道，每到假日，單車道甚至比堤頂大道還熱鬧，公園還有很多裝置藝術，畫著愛心的鎖跟鑰匙種在土裡；白色的水泥長椅對著河，躺在上面曬太陽，煩惱都曬死。

不過美堤公園最有名的還是野餐，每到初夏與初秋，ＴＬＣ生活頻道就會在這裡舉辦ＴＬＣ野餐日，偌大的河濱公園擠滿了人，每一組都精心準備，從籐籃、布墊、餐具到食物，樣樣精緻，高腳杯裝著冰涼白酒、小瓷盤盛著醃漬水果。甚至有ＣＮFlower在現場布置出超厲害野餐區，果然是電視節目的規格啊，跟我在大安森林公園用琺瑯杯、康寧盤完全是不同檔次。

我也去美堤公園ＴＬＣ野餐日湊過一次熱鬧，真要說心得，那就是……太熱了啊！其實最適合野餐的季節並不是七月到九月，而是春天、秋天哪！而且美堤公園大樹太少，野餐得在樹下，有遮陰、有依靠。

抱怨歸抱怨，那美美的格子布、大籐籃還是挺美，也許下次我也可以帶瓶冰涼白酒湊熱鬧，裝裝樣子也開心。

05|05

美堤公園的夜晚，除了野餐，有很多攝影愛好者會來這裡等待霞光，拍攝燈火初亮的大直橋。大直橋在白天像拉滿的弓紘，飽滿射向天空，到了夜晚，光的曲線反而讓它變溫柔了。

美堤河濱公園／地點：由台北市中山區基隆河基十六號水門進入，大直橋至中山高速公路間河岸。

05|06

大湖公園位在文湖線上，大湖公園站下車就到了。

大湖公園／地址：台北市內湖區成功路五段三十一號

。

06 大湖公園——落雨松下賞白鷺

我最喜歡的樹種之一，是落羽松。來自北美的落羽松，樣貌隨四季流轉，春日冒芽、夏秋茂盛、冬日凋零。無論哪一個季節看落羽松，都會深深著迷。台北要賞落羽松，可以到內湖的大湖公園，湖畔種了成排落羽松與垂柳，非常美麗。

賞了樹，還可以坐在湖邊賞鳥。大湖又被稱作白鷺湖，靠著白鷺鷥山，常常有鷺鷥飛過，賞鷺鷥要在微雨過後，草與湖一片迷茫翠綠，白鷺鷥展翅飛過，是城市裡難得的自然景色。我上一次看到這麼美的鷺鷥飛翔，是在花蓮鄉下的田邊，車子驚醒鷺鷥，微雨中，成群鷺鷥從青綠稻田飛起，那景象終生難忘。台北也只有大湖公園可以期盼。

大湖公園另一個有名的景點，是跨過湖面的錦帶橋，這橋美到上了法國的報紙，可我總覺得這橋挺匠氣，看橋不如看樹。

大湖公園的美好，最好留著白天欣賞，內湖的朋友提醒我，晚上千萬別去公園，鬧鬼。我不信，查了資料，發現一段小野史，清乾隆年間，大湖修水圳，修到十四分圳陂，土堤一直崩塌，當時人相信活人祭，就去艋舺找了個多病年老的乞丐，讓他享用幾日大餐後，將他投入湖中當祭品。說也奇怪，土堤也就真的不塌了。十四分圳陂，就是如今的大湖公園，公園旁還有供奉老乞丐的老公祠。

MAY 07

榮星花園——讓螢火蟲回到台北市

雖然住在台北超過二十年，但是上一次踏進榮星花園，竟然是小時候跟爸爸媽媽一起，當時榮星花園可是台北必遊的景點。它是台北第一座歐式花園，一到假日，人山人海，連崔苔菁的《翠笛銀箏》都在公園的花棚下錄影。當時要進花園，可是要收費的。

榮星花園原本是辜家所有，面積有六・八公頃，位於建國北路、五常街、龍江路的交叉口，高速公路交流道的正下方，足以開發成大型社區，利益高得驚人。辜家自然不會讓這片土地只是座花園，他們成立榮星企業股份有限公司，聯合建商打算開發，多次流標後，土地開發案被台北市政府退了七次。緊接著爆發貪瀆案。最後，榮星花園的土地被台北都市計畫指定為公共設施保留地，辜寬敏提出釋憲申請，仍舊無效，土地被徵收為公園用地。

如今到榮星花園不只不要門票，公園甚至還與荒野保護協會合作，復育螢火蟲。花園的生態池原本就是瑠公圳遺址，如今水源依舊清澈，池邊種了垂榕圍籬，廁所與路燈的方向也做了調整，一切都為了讓螢火蟲重新回到花園。

好久沒有去榮星花園了，常常從高速公路轉上建國高架橋後，就飛奔回家。也許該找個春末夜晚，去榮星花園看螢火蟲。

05|07
榮星花園已經改為免費入園，園區內還有游泳池供市民使用。
榮星花園公園／地址：台北市中山區民權東路三段一號

05|08
象山步道：跟虎山、豹山、獅山並稱為四獸山，海拔一八三公尺，全程走完大約三小時。可從象山站走到永春站，亦可相反而行。
象山親山步道／地點：台北市信義區信義路五段一五〇巷二十二弄（靈雲宮登山口）

08 象山步道——一次只走一步

在信義計畫區居高臨下的象山步道，是拍一〇一煙火的絕佳地點，每年跨年前夕，新聞一定要播報一輪攝影記者們如何在象山卡位，不只前一晚就夜宿象山，甚至還會用鐵鍊把攝影器材給鎖在定點。

哪怕不是跨年，每天這裡還是有些小小的「戰爭」，人人都想搶個好角度拍黃昏、拍夜景。因為太熱門，現在還有攝影平台，連平台圍欄都特別加寬，讓人放相機。

不只攝影愛好者會來爬象山，很多台北居民想爬點小山，就會來象山，出了捷運象山站就可以順著指標找到登山口。我一到登山口，倒吸好幾口氣，好陡的階梯啊！提起氣，往上爬，爬一小段，就有兩條路任你選，往右會經過六巨石，然後到象山頂；往左經過永春亭到一線天。兩條路最終會在阿彌陀佛碑相遇。

爬山最怕走階梯，遠遠盯著終點，覺得一輩子都走不到。我一邊喘，一邊想著聖嚴法師爬山的故事，面對無盡階梯，法師不喘不停，弟子問他：「師父，您年事已高，怎麼能走得這麼穩？」

聖嚴法師說：「我一次走一步。」

05|09

四號公園的正式名稱是「八二三紀念公園」，紀念八二三砲戰。園區還有座占地四公頃的國立台灣圖書館，是鄰居的好朋友。

八二三紀念公園／地點：新北市中和區中安街、安樂路、安平路及永貞路間 TEL：02-2960-3456

05|10

花博公園的流行館、爭豔館、舞蝶館不定期有展覽，可上官網查詢。圓山廣場也常有表演活動。

花博公園共有三大園區，詳細地址可參考官方網站。http://www.expopark.taipei/index.aspx

MAY 09

永和四號公園——城裡人的春天

中永和是台灣人口密度最高的地方，幸好有一座四號公園，讓人可以喘口氣，讓植物為四季報訊。

一年初始，圖書館與小山丘上的山櫻花、有花無葉的辛夷花招搖登場；接著厚葉石斑也開花了；圖書館外的流蘇在四月開得燦爛；相思樹在五月開著一球一球的小黃花、桐花也會來了。整個春天，四號公園熱鬧得不得了。

不只花開熱鬧，四號公園有狗狗區，小狗可以不牽繩地奔跑，這是大台北地區城市公園裡最難得的景象。許多公園入園時就註明狗要牽繩，卻又不願為小狗保留一個自由區域，甚至還有小公園告示小狗勿入。人類已經把所有居住地占光，在每一座公園裡為動物留一個奔跑區，難道不應該嗎？住在四號公園附近的狗真是幸福，連作家九把刀都會來這裡蹓狗。

然而，這幾年四號公園卻有些爭議，政府部門不斷想要增加新的「廣場」、「設施」，而把老樹砍了。附近居民發起連署，要老樹不要廣場。

公園不就是讓人親近自然，台北的水泥建築還不夠多嗎？人要開心很簡單，只要走到樹下，看看花開、曬點太陽，就很足夠了。別再往公園倒水泥了，留點樹，讓城市人開心點吧。

10 花博公園——連阿柴都念念不忘的好地方

二〇一二年的台北國際花卉博覽會，在開展前吵吵鬧鬧，黑話不斷，可是一開展，花朵綻放，所有的黑話都被讚歎聲給消滅。一百七十一天的展覽，總計八百九十六萬人次進場參觀。那場盛會，我差一點錯過，卻在老媽的熱情邀約下，陪老太太逛花博。結果不只老太太高興，我看了也興致勃勃。

博覽會結束後好幾年，老媽媽都還是吵著想去花博玩。花博公園很大，扣除大佳河濱公園，都還有四十公頃，比大安森林公園大得多。春天在園區散步賞花、夏夜到廣場看歌仔戲、秋天來市集吃點好料、冬天館區裡有各種展覽。

花博還留下許多建築，「天使生活館」綠能的使用、資源的節約大有學問；作為流行館的「遠東環生方舟」，用一百五十二萬支寶特瓶蓋的，從研發、設計到建造，全部都是台灣製。

超級大的花博公園，更是小狗的天堂。曾經有隻阿柴來過之後念念不忘，有天趁著主人開門，牠跟著溜了，直奔公園玩到天黑，被汪星球的守護者撿到，透過花博公園的臉書，竟然還真的找到主人。

在城市裡能有這麼大的公園，公園裡還有守護小狗的人，台北其實很可愛。

MAY 11

陽明山二子坪步道——傾聽自然的聲音

「不知你是用何心情走在這條步道上?為了紓解滿懷壓力?為了忘卻滿懷心酸?還是忘記了為何來此山上?」在陽明山二子坪步道口，就看見這塊解說牌，牌子斑駁，用少見的抒情語氣，提醒人們放慢步調。

台北的步道都維護得很好，二子坪步道更是所謂的「五星級」步道，不只鋪得平坦，甚至是全台灣第一條身障步道，路旁指示牌更叮嚀遊客禮讓身障者。

二子坪曾是中興農場所有，種滿牧草與茶樹，如今，又已是闊葉林的天下。一旁的生態湖中，長滿各種水生植物，如風輪草、夏枯草、水芥菜，台北樹蛙也住在池邊。

有一次，是跟自然教育專家約瑟夫．柯內爾一起去二子坪，他教大家躺在柔軟的土地上，身體可以感受到土地溫潤的氣味。他輕聲地說：「閉上眼，安靜地傾聽，你會聽到大自然在跟你說話。」

我躺在落葉上，帶著微笑聆聽，不知道鳴叫的鳥兒在呼喚誰?吹過的那陣風，又帶來什麼消息?

05|11
二子坪步道全長一・八公里，平均披度二至八度，往返大約八十分鐘。
二子坪步道／地址：新北市三芝區興華里車埕五十三號（陽明山二子坪遊客服務中心）

05|12
建議搭乘公車，小 15 或 108 皆可抵達。
擎天崗／地址：台北市士林區陽明山的七星山麓

12 擎天崗——流星、水牛與蘑菇的大草原

流星雨劃過台灣上空時，擎天崗總是擠滿人。我初到台北的第一年，又有流星雨，學長姊們騎機車帶我們上山看流星。「蒐集十顆流星，願望就會成真喔！」漂亮又溫柔的學姊這麼說。那一晚，我蒐集了八顆流星。

後來才知道，這片大草原從清朝末年就很熱絡，有無數古道交錯，是大油坑運輸硫磺的過道；金山居民也會穿過草原，到台北販賣魚鮮；金山、萬里的農民，更把這裡當成牛群放牧地，直到現在，還是有牛隻在這邊悠閒吃草，雖然數量遠不如前，卻是台北市極難得的景色。帶小狗到擎天崗跑跑時，小狗第一次看到牛，緊張得一直後退大叫，真是都市狗啊！

擎天崗也很迷幻，據說這裡曾經出現讓人吃了有幻覺的蘑菇，新聞不斷播放要遊客別誤食，卻也有很多人特地上山找蘑菇。

這一片清朗的大草原，除了看牛、看山、看流星，因為有了蘑菇，當霧起時，飄來更多傳說。

MAY 13

貓纜──搖搖晃晃到人間

有幾年住新店，離木柵只隔座橋，常常跟朋友約貓空喝茶看夜景，初春時，也會相約上山賞花。幾年後，朋友各忙各的，碰頭時間少了，貓空好像也更遠了。

趁著大晴天，把車停在山腳下，坐貓纜上山。人家說貓纜晃，但再晃比不上南非開普敦桌山（Table Mountain）纜車晃，那回才上桌山，拍了幾張照片就起大風大霧，回程等了許久才准許下山。貓纜雖有爭議，但怎麼也不會比桌山那回恐怖。

二十分鐘「車程」，搖搖晃晃上貓空，還好，還禁得住，而且好難得不用爬山卻可以從半空中看台北，台北真是個有山有樹的大盆子。

到貓空後往樟樹步道去。步道鋪上花崗岩，輕便好走。沿途雖然有老屋、池塘、土地公廟，可是樟樹幾乎都被砍光，闢成茶園菜圃。走累了，隨意找家看得順眼的茶館，進去喝茶吃小點，五月春茶正好，木柵產鐵觀音，許多人上貓空就為品茶。

搭貓纜下山時，車廂搖晃，忍不住想起詩人余秀華的詩集：「搖搖晃晃的人間。」人間哪，很多事都快速轉變，一眨眼，貓纜取代了朋友的便車，昔日形影不離的朋友，也搖晃到遠方了。

05|13

貓纜總共有四站，動物園、動物園南、指南宮、貓空。各站票價不一，可用悠遊卡。營運時間從早上九點到晚上九點，國定假日與週六日前後各延長半小時。

貓空纜車貓空站／地址：台北市文山區指南路三段三十八巷三十五號

05|14

指南宮全日開放。

指南宮／地址：台北市文山區萬壽路一一五號 TEL：02-2939-9922

14 指南宮——千階之上的夢境

如果不是趁年輕，我大概沒力氣爬上指南宮！光是一千兩百多階的登山步道就讓人腿軟。人家說爬一階增加二十秒壽命，爬一趟可以多活六個小時，只不過我爬完後根本賺不到那六個小時，當下就快死了啊！

指南宮很靈驗，號稱「第一靈山」，主祀呂洞賓，另外也尊奉佛教與儒教。指南宮的建築也充滿道教特色，有南天門、通天大道、迎仙亭等等。不過指南宮最出名的，不是建築，而是傳說與禁忌。

第一要緊的禁忌，是情人不能同遊指南宮，因為這裡主祀呂洞賓，當初呂洞賓追求何仙姑不成，心生怨念，看到情侶就有氣，所以只要誰敢來這裡放閃，呂洞賓一定會想辦法拆散，簡直就是「去死去死團」最高領導！

第二有趣的傳說，就是「祈夢室」。只要得到呂洞賓的准許，就能到這住一晚，睡夢中，呂洞賓自然會來給你答案。

唉唉，如果真的靈驗，想分手的男男女女，只要故意帶上另一半來指南宮，就不用扯破臉；對人生困惑的人，來這裡睡上一晚，也就事事清明了。

人生這麼簡單就好了

05|15
仁愛路圓環／地點：台北市仁愛路、敦化南路口。

05|16
賞樟地點：台北市仁愛路沿路

MAY

15 仁愛路圓環——你在那邊，一切都好嗎？

仁愛路圓環邊，我熟悉的一切，漸漸消失。

小時候到台北玩，媽媽會先帶我們到鑽石樓吃飲茶，一車一車的點心推到眼前，小孩吃小點好開心。長大後換我賺錢帶媽媽去鑽石樓，一切都變了。客人變少，服務變差，還沒坐定，推車就一哄而上搶業績，媽媽氣得大罵。沒多久，鑽石樓就倒了。雙聖也沒有了。以前深夜想要奢侈一下，就鑽進雙聖吃炸雞、炸魚，最後一定要點香蕉船當作完美句點！不只雙聖啊，連敦化南路的T.G.I Friday's都收了！

台北不斷有新鮮事發生，同時又有老記憶消散。這是大城市的宿命。

經過仁愛路圓環時，我還會哀悼一位早逝的朋友。我們當時是職場菜鳥，她在圓環邊的大樓租一小格套房，我們下班就去鬼混。她離職沒多久，就聽說她走了，氣喘。深夜經過圓環時，我會抬頭望向她的窗子，輕輕問：「你在那邊，一切都好嗎？」

16 仁愛路樟樹林——闖到夢裡面

我在台北曾經有個夢一樣的下午，那天，我開車從敦化南路轉進仁愛路，下午五點吧，熱烈的陽光漸漸溫柔了，灑在開滿花的樟樹林上，仁愛路變成粉橘色。

我把車速放慢，不可置信地看著光與花作用，台北天光像夢境。

後來搬到仁愛路附近，樟樹林變成蹓狗的地方，雖然再也沒有看到粉橘色的天光，可是起風的日子，又闖進另一場夢，大風吹過樟樹林，囂張如海浪，嘩啦嘩啦。

05|17
仙跡岩步道仍然有相思樹林，四、五月細細花開，樹上黃花雨，樹下黃花毯。
仙跡岩親山步道／地點：台北市文山區景興路一五三巷登山口上山

05|18
四分子步道也可賞螢火蟲，早上賞花，中午泡湯，晚上看螢火蟲，完美的一天。
四分子步道／地點：新北市新店區花園新城後方之四分子產業道路

MAY 17

仙跡岩步道——不如別見神仙吧

景美仙跡岩有個傳說，是呂洞賓搞出來的。據說有回他想從公館的蟾蜍山跳到指南山，哪知道神仙也失足，腳滑了，大力地在景美山一塊大石頭上踩了一腳，從此，人們只記得神仙打腳，都稱這裡是仙跡岩，不稱景美山，甚至還蓋了仙巖廟，紀念呂洞賓的腳印。不過，千萬別抱著「看神仙遺跡」的心情爬步道啊，爬到盡頭看見的，不過就是被風吹雨打搞出點痕跡的大砂岩。

仙跡岩真正值得仔細觀察的，是地質，這座小山是中世紀沉積地層跟南港沉積地層構成，距離現在已約一千八百萬年。山裡本來種滿相思樹，好讓取柴燒火時代的人們方便取用。如今家裡有瓦斯，相思木還在，連香楠、樟樹、烏臼也都好好地長大了。仙跡岩是文山區居民最常走的步道，在山裡聽鳥叫、聞樹香，好不愜意。

不過，且讓我提醒各位，跟愛人一起走步道很幸福，但千萬別一起去拜仙巖廟，呂洞賓是「去死去死團」領導，最討厭情侶來放閃光。到仙跡岩走步道，還是看看大樹就好，神仙則是不如不相見哪。

18 四分子賞桐——花入小溝

台灣是不下雪的，但在春大末了，山裡桐花如白雪，把山頭染白，是台灣的「五月雪」。

以前住在新店，到了五月，就會跟朋友約著上山看桐花。車子沿著新烏路開，山頭上已經是白花處處，可千萬別突然停在路邊，新烏路彎路多，猛然停下很危險。想看花，有的是安全的地方。

藏在花園新城社區後頭，有個小山徑，開滿油桐花。車子開過花園新城後，往四分子步道前行，就是賞桐花的祕密基地。

賞桐花得趁早，遊人未至，桐花帶著露水落在土上，乾淨潔白。到下午就不好了，踩踏了腳印不說，甚至有些車子硬往裡開，畫出車痕，都替落下的白花感到不值了。

往裡面走，桐花越多，小徑旁有小山溝，花落在溝裡，淙淙地順著水流走，命運比落在小徑上好，原來，連花也有好命、壞命。

藝術大學隨時都有各種藝術展覽，非常值得一逛。

國立台北藝術大學／地址：台北市北投區學園路一號 TEL：02-2896-1000

MAY 19

台北藝術大學——讓藝術從關渡平原飛起

花蓮東華大學占了地利之便，拿寬闊的中央山脈當靠山，和看不到盡頭的校區，成為台灣最美麗的大學。台北藝術大學當不了台灣第一，至少也是台北第一美。

沿著台北藝術大學的山坡向上，路途上都是樹，建築物沿山錯落，不時穿插著美術系學生的裝置藝術。藝術大道上則種滿樟樹，在樹下散步，光穿過樟樹細細葉子，灑在身上。從身邊走過的人，也許是名舞者，姿態優雅，比大樹還挺直；一心路森林步道則是山後小徑，姑婆芋比人還高，像迷走森林，穿出來就到美術系。

荷花池畔的水舞台，在盛夏夜時，南北管的樂音悠揚；人文廣場有露天劇場與大草原，每年關渡藝術節的起始，就是由學生們戴花冠在這裡跳舞，迎接藝術的到來；九二九劇場，則是土石流後重新建起的圓形劇場，沿山坡的座位有七、八層樓高。森林裡還藏了座荒山劇場，雕塑作品在山徑上列隊歡迎來人，劇場被森林抱在懷中。無戲可看的日子，可以在這裡遠望出海口，河水浩瀚無邊。

台北藝術大學無處不美，風吹過大樹，灑下的光如舞、晃動的聲響如歌、漫開的綠意如畫，跳動的光如電影。

日子咖啡／地址：台北市大同區赤峰街十七巷八號 TEL：02-2559-6669
二月半蕎麥麵／地址：台北市中山區中山北路二段一之一號 TEL：02-2563-8008
Hanabi 居酒屋／地址：台北市中山區中山北路二段一之三號 TEL：02-2511-9358

20 中山捷運——藏在巷弄裡的森林系小店

台北捷運各有特色。穿過基隆河，蒼綠圓山前，是龍舟一樣的劍潭站；文湖線穿過松山機場後，可以看到停機坪；松山機場站的月台上，有掛上翅膀的腳踏車跟飛船；新北投捷運站下車後，沿著小山坡就是溫泉區，捷運站複雜的鋼構，陽光灑下時，映成一格一格的光影，許多電影、MV 都喜歡來取材。

我私心喜歡的，卻是市中心的中山捷運站。站內是商場，連唯一的中山捷運地下書城也經營得死氣沉沉，幾乎要倒了。但是從二號出口走出來後，往後面的巷子走，是兩排高大的樹，樹旁是小巧的個性商店，有台灣好、蘑菇，二樓則是很多髮廊。再往更裡的巷子鑽，往右有加藤真治專賣店，不只買衣服，還想買杯子盤子碗！0412 原創設計的 T 恤也讓人愛不釋手！還有很多小小的森林系服飾店，裡面好多漂亮洋裝！

這裡也有很多好餐廳，二月半蕎麥麵跟 Hanabi 當鄰居，蕎麥麵還是點冷麵好吃，Hanabi 一定要吃釜飯。往赤峰街方向，還有日子咖啡，招牌上寫著「nichi nichi」，每一天的意思，希望來的人都能好好享受日子。

其實好日子很簡單啊，有大樹，吃碗好吃的蕎麥麵，喝杯好咖啡，找件漂亮洋裝……唔？我要得太多了嗎？

05|21
台北中山意舍酒店 / 地址：台北市大同區中山北路二段五十七之一號 TEL：02-2525-2828

05|22
週二至週日從中午十二點營業至晚上九點，週一公休。
台灣好，店 / 地址：台北市大同區南京西路二十五巷十八之二號 TEL：02-2558-2616

MAY 21

AMBA 中山意舍——老大樓，新生命

台北市充滿綠意的街道，除了仁愛路、敦化南路，還有中山北路。今天不到馬路上看樹，今天去飯店裡看樹。

AMBA，國賓飯店的年輕品牌，在西門町、中山北路都各開了一家，風格迥異，一個像活潑少年，一個是優雅輕熟女。但他們都有一個共同點：老屋重建。

不是只有台南可以老屋新生，台北這幾年很多舊商辦都改成新飯店。AMBA 中山店原本是三民辦公大樓，保養得相當好，一切的改建都以環保為最高指導原則。原本要重建的停車場，勘查後發現基底深厚，完整保留；大樓外牆的裝置藝術，是舊鐵窗框拼出的；各處擺放歇腳的椅子，多是被淘汰的老椅子重新整理。連餐廳「Achoi」的木頭地板，都是老木頭回收，重新打磨拼上。

非用不可的新建材，一定要環保，整棟飯店用 Low-E 玻璃，隔音隔熱，節省耗電。地毯則是波隆地毯，用回收材料製成。

奢華，只要有錢就能做到；無時無刻不把地球放在心上，那才是最難得的態度。台灣這樣美好的角落越來越多，我們生活其中，安心自在。

AMBA 中山店，每一間房間都有窗，都有綠意。設計團隊的心意，最是珍貴。

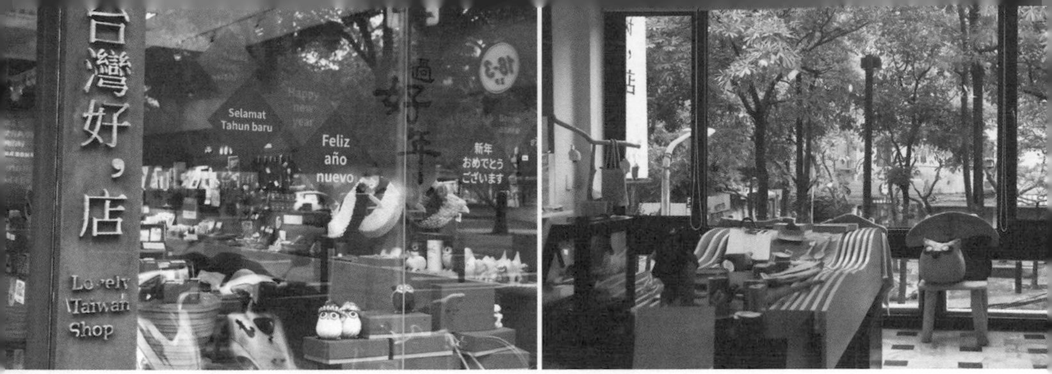

22 台灣好，店——Lovely Taiwan

在大同區赤峰街還沒有冒出頭時，「台灣好」就像個小光點，靜靜開在巷子口，大樹下。

「台灣好」會發光，是因為它聚集了來自土地的美好小物。來自新北三峽「打鐵人藝術工坊」用廢鐵做的小藝術品、苗栗三義「ㄧㄚ箱寶」的木雕玩偶、台中矯正署女子監獄的手工巧克力、台東棉麻屋的阿美族手編帽。甚至有遠從蘭嶼來的木雕版畫明信片，蘭嶼的日出、青青草原的落日，田裡一顆顆冒出來的小芋頭，都跳到明信片上，在台北的小鋪子跟路過的人招手。

台灣好，英文名字就是「Lovely Taiwan」，它不只是間店，更是個基金會、是個平台，讓所有台灣社區的手作好物在這裡被看見，讓愛物人把他們帶回家，付出的金錢則回到社區，幫助社區。善的循環成為一個圓。

這間在大樹下的台灣好，是一切的起點，店鋪小，心願大。想要為朋友置辦點禮物，不妨來這裡尋找，送出去的不只是物品，更是一份深愛台灣的心意。

05|23
高雄肉圓／地址：台北市松山區新東街十六巷二號 TEL：02-2762-4626
蕭家牛雜湯／地址：台北市松山區新東街十六巷一號 TEL：02-2766-5267

05|24
台北微熱山丘／地址：台北市松山區民生東路五段三十六巷四弄一號 1 樓 TEL：02-2760-0508

MAY 23

民生社區——大樹招搖，家花野出牆

最近火熱的富錦街，幾乎要變成民生社區的代表。但其實從過了敦化北路之後的民生東路，就已經算是民生社區，街道開始有了不同風情。從這裡開始，就是台北最寧靜的小區域。

民生社區在一九六〇年代是台北市的示範社區，空間規劃完整，在人行道與車道分隔島上都種了大樹，夏天有濃蔭遮陽，雨天則別有風情。也因為開發早，所以這裡有很多小吃，都很有歷史。反倒是新開的咖啡館，外人不斷來嘗鮮、朝聖，在地人反而感到陌生。

這樣一個寧靜小區，有老餐廳、新咖啡，有導演工作室、花藝大師的家，還有很多室內設計工作室隱身在巷裡一樓，有個小院子，院子裡的人不斷生出故事。

來民生社區別只往富錦街擠，敦化北路與民權東路間的敦北公園，大樹很招搖；新東街上的牛雜湯、高雄肉圓四神湯，都是在地人的食攤。錯過了就太可惜了。

到民生社區玩耍，貪圖的不是特定一家店，一個下午而已，我愛整個民生社區的氣氛。如果有機會，真想搬去那裡住！

24 微熱山丘——不只賣餅，還賣生活風格

在土鳳梨酥還沒有那麼火熱的時候，我就愛上微熱山丘的鳳梨酥了。那時候喊得出名號的只有台中日出、台北微熱山丘，兩家店各有擁戴者。

第一次吃到微熱山丘是朋友送的，說是「很高級的鳳梨酥」，我心想不過是塊餅，有那麼誇張？吃了才真是驚為天人，決定自己找店鋪買糕點去。在民生東路巷子繞很久都找不到，後來才找到巷子拐進去，小小的微熱山丘低調優雅，一點也不像賣鳳梨酥的，倒像某種生活風格鋪子。

微熱山丘對面是個小公園，買了餅，開開心心在綠草地旁坐著吃餅，春天遇上流蘇花開，更是美麗。後來幾次去，還喝到當時還沒對外販售的鳳梨汁，天熱的時候吃不下餅，就到公園喝果汁。

微熱山丘生意越做越大，還進軍新加坡萊佛士酒店，店鋪更豪華，小餅賣出大氣勢。果汁也大量販售，在頂好都買得到。

這幾年南投三合院、高雄駁二、桃園機場、上海、東京、香港都有了微熱山丘。

幸好，沒有大了就壞了，果汁還是一樣好喝，餅還是一樣香甜。

MAY 25

北投圖書館——乘著綠光，飛向書海

我從來沒想過我會愛上圖書館。從小到大，上圖書館都是為了考試、做報告，建築四四方方，走進裡面，還是四四方方的房間，天花板掛著日光燈，慘白嚴肅。圖書館讓人感覺很想死。

北投圖書館不一樣，它像是樹海裡的一抹光，讓人情不自禁走向它。圖書館裡溫暖的木地板、木書桌，以及彎著腰的一盞燈，都在招呼人：「快來讀書吧！」書呢？抬頭只看見樹跟光影啊。原來北投圖書館的書架全部都在一一〇公分以下，讓視線看得好遠。書架間又設計了矮椅子，拿本書就可以安坐下來。蝴蝶跟蜻蜓也飛進圖書館，被刻在椅子背後。在這裡走樓梯也比搭電梯幸福，因為轉角也有樹，彷彿從階梯上一滑，就滑入森林。

除了這些，北投圖書館有更多精巧機關，比如屋頂裝設太陽能板，可以把白天的日光，換成晚上的燈火；屋頂上還有草皮，甚至回收水系統，不讓雨水跑走……這些藏著的機關，讓它成為台灣第一座「綠建築圖書館」。

從書架上抽一本書，輕輕地走到二樓廊下，在日光下讀書，風來了，樹搖了，人在書海裡好幸福。

05|25

週二至週六上午八點開放至晚上九點，週日、週一開放時間為上午九點至下午五點。

政府公告放假日為休館日，每月第一個星期四為圖書整理清潔日，不對外開放。

台北市立圖書館北投分館－綠建築示範基地／地址：台北市北投區光明路二五一號　TEL：02-2897-7682

05|26

上午七點開放至下午五點。

北投普濟寺／地址：台北市北投區溫泉路一一二號　TEL：02-2891-4386

26 北投普濟寺——湯守觀音的微笑

沿著北投溫泉路一直往上走，走過小坡、老石階，經過北投圖書館、溫泉博物館、地熱谷，最後會走到普濟寺。

這座位在北投溫泉區的百年老寺，寺廟簡潔樸素，沒有塗抹鮮豔顏色、沒有花俏的重簷，單簷白牆的寺廟，用高級檜木以接榫蓋成，庭院種滿茶花。樸素的普濟寺，讓人安靜下來。

庭院供奉的子安地藏菩薩，任務是保護孩子好好長大，也被人視為送子觀音，想要孩子的夫婦會來祭拜。

讓人嘴角微笑的是寺廟裡供奉的湯守觀音，湯是「溫泉」的意思，守護溫泉的觀音，被供奉在高高的山頭，真是溫暖又可愛的心意啊。

下次到北投，別只在山下流連，走一小段坡路來謝謝湯守觀音吧，祂可是很努力守護著來泡湯的大家啊。

上午九點開放至下午五點，週一、國定假日休館。

北投溫泉博物館／地址：台北市北投區中山路二號 TEL：02-2893-9981

27 北投溫泉博物館——留著老靈魂的浴場

北投充滿濃濃的懷舊氣氛，哪怕舊時代已經走了，那一抹暈黃的色澤卻去不掉，像一支沾滿水的色筆，往天空一揮，整個北投就浸在舊時氣味裡。

老北投保存得最完整的，就屬北投溫泉博物館，一九一三年六月開幕的公共浴池，當時很轟動。從新北投捷運站出站後，沿著向山小徑走五分鐘就到了。

這裡曾經是兩層樓式的公共浴場，一樓是男人專屬的大浴場，為了控制人數與泡湯時間，浴池採用立湯形式，泡湯的人得站著。圓拱列柱包圍浴場，窗戶上有彩繪玻璃，當陽光從窗外射進來，窗戶上的彩繪天鵝倒映在池水中，彷彿與天鵝共游。二樓有大榻榻米區，泡完湯的人，可以穿著浴衣在這裡下棋、喝茶、閒聊，甚至小寐。

公共浴池在日治時期結束後跟著荒廢了，甚至被當成鬼屋，直到一九八〇年代，北投的孩子們做功課，來浴池調查時，發現它的歷史。一群孩子、家長，與熱心老師的奔走，讓北投公共浴池重新整修，化身為「北投溫泉博物館」。

儘管是新生，博物館卻仍保留著老靈魂，每一個轉角處，都還是當年的模樣，木樓梯的扶手，留下一百年來的痕跡。儘管從二樓遠眺的風景已經不同，吹來的風仍是那樣和煦，彷彿還在舊時，只是小寐一下，整整衣服走出去時，仍是穿著木屐，踩著碎石路回家。

MAY
28
馬場町紀念公園——願淚水隨河流遠逝

馬場町紀念公園如今很平靜，新店溪緩緩流過，夏日向日葵盛開。然而，每到秋天，這裡仍會祭祀，懷念在白色恐怖中死去的人，那是一段充滿淚水與鮮血的過去。

馬場町是一九五〇年代國民政府的刑場，槍決政治犯與共諜，直到今日，人們還是不知道這裡槍決了多少人。公園有一座土丘，據說就是當年槍決的地點，人死了，留下一灘血，不及清洗，只好草草掩上薄土。血與泥沙堆成一座小丘。

土丘前的碑文寫著：「一九五〇年代為追求社會正義及政治改革之熱血志士，在戒嚴時期被逮捕，並在這馬場町土丘附近槍決死亡。現為追思死者並紀念這歷史事蹟，特為保存馬場町刑場土丘，追悼千萬個在台灣犧牲的英魂，並供後來者憑弔及瞻仰。」

當時只要有同志被帶往刑場，留下的人會唱起《安息歌》，如誦經道別：

安息吧死難的同志，別再為祖國擔憂；你流的血照亮著路，我們會繼續前走。你是真值得驕傲，更使人惋惜悲傷。冬天有淒涼的風，卻是春天的搖籃。

安息吧死難的同志，別再為祖國擔憂；你流的血照亮著路，我們會繼續前走。

死亡結束了，未來，我們也會努力讓恐怖終結。願所有亡者在河畔安歇。

05|28

馬場町紀念公園／地點：台北市萬華區水源路及青年路口的河堤邊

05|29

台二丙公路／地點：又稱為基福公路，從西邊的暖暖一路至福隆

29 台二丙公路——蜿蜒離開台北市

春末走台二丙往山裡去，台北的嘈雜飛往遠處，此刻眼前只有山谷、蜿蜒小溪，與滿眼的樹。

台北很潮濕，這濕氣在日常時候，往牆上爬，爬得人也跟著發霉，覺得厭煩。但山裡濕氣不同，那是一種把生命都飽含在葉尖上的濕潤，一棵大樹、一株小草，都因水氣而生。曾有朋友因工作調動，搬到高雄住了一年，回台北後大讚：「啊！還是有點潮濕的好，高雄太乾裂。」

台二丙其實是條很重要的「觀光動線」。沿途經過坪林、石碇、雙溪，甚至拐彎就到九份、瑞芳。任一處都可以是終點，但我在雨中開車遊山，覺得台二丙本身就是終點。

不急著去哪裡，在山路中蜿蜒，慢慢離開台北，離開煩躁生活，走進一片潮濕溫暖的山林。

MAY 30-31

雙溪——野薑花香小山城

春末到雙溪小旅行，光是緩慢地走台二丙公路，心就安靜了。雙溪並不是新北市最有名的觀光景點，也因此，它保留了山城的靜謐。

雙溪有牡丹溪、平林溪環繞，被林衡道教授讚譽為「山中威尼斯」。我不喜歡這個稱號，這裡比威尼斯更細緻，有靈氣。

雙溪一直是個「過道」。在沒有公路的年代，從淡水到宜蘭，必須走淡蘭古道，從淡水、基隆、瑞芳、三貂嶺，最後經過雙溪和草嶺而進入宜蘭。馬偕博士當年傳教，走的也是這一條路，中途落腳雙溪過夜，最後他更在雙溪蓋了小草房當休息站，也當作傳教的集會所與行醫處，最後成為雙溪教會。

作為交會點的雙溪，當年可熱鬧了，有市集、客棧，甚至還有鴉片館。如今人們到雙溪，也是為了交會，只不過不是走路，而是來騎單車。無論是到九份，或者往福隆，都會經過這裡。小鎮轉角的冰店，成了大家聚集的所在，吃碗冰，就跨上單車匆匆離去。

別走得那麼匆促，太可惜了。就算無法挑戰九份山坡，至少可以在雙溪騎車啊，火車站出口就有得租借，慢慢晃，慢慢感受時光。想看溪流，就去找土地公廟，廟旁有個涼亭能賞溪。

回到小鎮，林益和堂是傳了四代的中藥行，用紅白磚砌成的立面，非常顯眼，二樓的窗台又是巴洛克式風格，藏不住的小華麗。柱子的瓷磚是罕見的九十度角瓷磚、鋪子裡有千年檜木做的火盆，誰能想到一間小藥房有這麼多細節可看。第四代老闆守在店裡，熱心介紹橄欖、酸梅湯。走在街上再度碰頭，還會熱情地揮手問好。藥房買了橄欖，再晃去打鐵店，現在打鐵的師父不多了。肚子餓了，就到連源財餅鋪買個雞蛋糕。

晚上就住在雙溪吧。別小看雙溪民宿，牡丹清淨別墅的主人，可是時雨國中的校長；山中威尼斯民宿因為窗景太美，常被偶像劇看上，林依晨、王心凌都住過。

第二天，我們一起去找野薑花。可以搭兩站到三貂角走走。三貂角也是昔日礦區，如今也已經凋零。從火車站走一小段路，就到已經廢校的碩仁國小，大部分來三貂嶺的登山客，從這裡進入三貂嶺古道。穿過校園，很快就到第一個瀑布，合谷瀑布；旁邊有個觀瀑亭，亭子旁就是一片野薑花田啊。往上走還有摩天瀑布、野人瀑布。不想走遠，雙溪河邊就有野薑花。小時候外婆說：「有水就有野薑花。」雙溪水多，野薑花盛開時，山谷都是花香味。

雙溪才不是什麼「山中威尼斯」，這是個飄著野薑花香的小山城，芬芳的小山城。

雙溪車站 / 地址：新北市雙溪區朝陽街一號 TEL：02-2493-2980

六月

浮光恍恍，人影晃晃

捨不得過去消散，因為那些老舊的痕跡，代表我們曾經在這裡生活。

永康街的美好，是因為保護了老樹；華山酒廠留下的高挑廠房與大草原，讓我們有地方奔跑呼吸；一間又一間有故事的餐廳，讓我們知道父母年代的羞澀與慎重。還有很多書店。城市書店代表了城市的風格與深度，我們有性別、舊書、詩舍，還有全球最美麗的書店之一，藏在紅木門裡。

初夏晃過台北城，浮光照映出城市往事，與在往事裡走動的我們。

永康公園／地址：台北市大安區永康街八號　TEL：02-2351-1711

JUN 01 永康公園——因為我們留下了樹

十幾年前，第一次去上海，浦東風風火火蓋起蓋摩天大樓，巷子裡推土機忙著在拆石庫門老房子。石庫門老舊了，屋子裡擠滿人，衣服掛在竹竿上萬國旗似地橫過天空，無所事事的老人在街邊打麻將，對大城市來說，太舊太髒不好看！好不容易留下的，也等著整面抹臉，弄新了才能見人。

在僅存的石庫門間散步，想著王安憶筆下的上海，隔壁爆香一把蔥，香味馬上竄到屋子，那樣的老生活味道，對城市而言太親暱。大城市，要的就是嶄新，是文明。

然而，尋常的生活氣味，才是城裡最讓人珍惜的。轉角水果攤的阿婆、路邊對著貓鬼叫的小狗、矮牆裡竄出的香花……城市中心能夠容下這樣的小區域，也是一種「進步」。

以永康街來說吧，從日治時期開始，永康街一帶因為距離總督府與台灣大學很近，是官員與教授的宿舍區，國民政府來台灣亦是如此。一九五○年代，當地居民自行募款，蓋了永康公園。從此，這個公園成為街區的重心。一九九五年，政府想拓寬道路，大幅削減公園面積，居民群起抗議，保下公園，更保下了永康街的人文氣味。

能在城中心留下有歷史的老街區，才真讓人驕傲，那些老舊，是我們生活過的軌跡，是往前走的依靠。讓人知道總有些什麼是不會變動的，會永遠好好地留在那裡。

青田七六／地址：台北市大安區青田街七巷六號
預約導覽：02-8978-7499 餐飲訂位：02- 2391-6676

02 青田七六——用溫柔心意維護的老宅

電影《KANO》上映時，採訪在戲中飾演夫婦的日籍演員永瀨正敏與坂井真紀，為了呈現夫婦感，我們在台北市尋找日本老房子，最後選定「青田七六」。

青田七六建於一九三一年，是台北帝國大學足立仁教授所蓋，日本戰敗後，台大地質系教授馬廷英續住。一九四九年秋天，從中國到台灣的齊邦媛也曾短暫寄居。

馬廷英病逝後，他將房舍所有權歸還台大，後來又被定為市定古蹟「國立台灣大學日式宿舍—馬廷英故居」，地址也改為青田街七巷六號。定為古蹟後，房舍卻日漸敗壞，馬廷英的學生簡肇成不捨老師家就這麼毀壞，成立「黃金種子文化公司」，標回房舍的經營權，重新整修。

他把老師家維護得很好，庭院裡的每一棵老樹，都請樹醫生健檢與保養；門上掛的銅把、窗上鑲的玻璃，都還維持著昔日的光亮。那份心意，不只是經營事業，而是懷念某一個青春時代，老師仍在，他在老屋子裡認真求教。

因為是用溫柔心意整理好的老房舍，我們拍攝時，也時時感受到那種輕柔的溫暖。當永瀨正敏與坂井真紀在庭院大樹下拍照時，看起來就像一對恩愛的日本夫婦，在自己的庭院中輕聲說笑，一段美好的溫柔時光。

下午兩點營業到晚上九點。

昭和町 / 地址：台北市大安區永康街六十號

JUN 03

昭和町文物市集——什麼都有，什麼都好奇怪

昭和町在永康街尾端巷子裡，得穿過外國人最愛逛的台灣風商店、中段狹窄的居酒屋、小吃店，再走過一座小公園，才能抵達。這裡沒有熱鬧的人潮，店面也很小，跟前段熱鬧、擠滿人的永康街完全不同。

昭和町是這個區域日治時期的舊名，舊貨市集則沿用老名字。走進昭和町文物市集，就像掉進謎一般的洞，不是因為文物太老，而是這裡怎麼什麼都有啊?!

市集裡二十幾家店面，架上字畫、茶壺、老碗、大同寶寶雜亂擺放，什麼都有，什麼都好奇怪。以為是舊貨市集，偏偏還有 Aunt Stella's 的瓷器娃娃，明明 SOGO 百貨就有賣呀?莫非是老闆娘把餅乾吃完後，罐子放上來賣錢?

我好奇拿起一只陳舊的碗，坐在藤椅上放空的老闆娘操著中國口音說：「那是老碗，一只八百。」我問多老呢?她回答：「很老，三、四十年喔，福建來的。」

走出市集，對面正好有家咖啡豆專賣店在烘豆子，不遠處有小販在賣爆米花，砰砰砰幾聲後，空氣中瀰漫米香、咖啡香。回頭看著陳舊的昭和町文物市集，白色日光燈亮晃晃，轉角處還站著個木頭大娃娃，長得真像日本糖果盒上的 PEKO 娃娃，偏又不是!娃娃身後，是一卷卷古字畫，真是太錯亂了。

繭裏子不斷拓展，新店資訊參考網站：http://www.twine.com.tw/

04 繭裏子——印度媽媽手縫的衣服

我有一件小洋裝，淺淺橘色的裙子上，有花朵圖樣，胸口的手工繡線很整齊，是很用心繡的。那件衣服來自印度，柔軟料子其實是二手紗麗，花朵是貧民窟的婦女縫繡。那是公平貿易商從印度引進台灣。

公平貿易的概念是中介廠商直接向當地製作者下訂單，婦女或工人不用到大型工廠輪班，像機器人被關在廠房裡工作。她們在自己的村落，用雙手縫製各種衣物、家用品，甚至藝術品，再透過世界公平貿易組織，販售到全世界，避開大型企業剝削。

台灣也有一家小企業，堅持公平貿易，那就是繭裏子。學建築的楊士翔跟蔡宜穎去中國晃一圈後，決定回台灣從頭開始。小店從台中起家，越做越大，現在連網路商店總共有十一家，從永康街、大稻埕，一路開到高雄駁二、花蓮聯名店……

因為公平貿易，因為這件小洋裝，我跟印度那名從未謀面的婦女有了連結，她不用被成衣廠剝削，拿到更高的工資，供她的孩子念書，扭轉她們的人生。

公平貿易的衣裙，除了輕軟，每一件都很獨特，因為那不是機器生產的，而是貧民窟裡的媽媽們一針一線縫繡。

06|05
週二開放至日，早上十點至晚上十點。
牯嶺街小劇場／地址：台北市中正區牯嶺街五巷二號 TEL：02-2391-9393

06|06
紀州庵有許多文學講座，可以密切注意官網，http://kishuan.org.tw
紀州庵文學森林／地址：台北市中正區同安街一〇七號 TEL：02-2368-7577

JUN 05

牯嶺街小劇場——不再神祕的黑盒子

牯嶺街小劇場有個很酷的舊稱——「中正二分局小劇場」。從日治時期開始，這棟轉角的建築，就一直緊盯著往來過客。最早，它是日本時代的憲兵分隊所；一九四九年後，變成警察局第七分局，後來則成為古亭分局，又稱作中正二分局。

時移事往，日本人走了，警察也搬走了，分局空蕩蕩。一九九二年，劇場的人來了，這裡獨立完整，適合演戲，簡單取名為「中正二分局小劇場」，裡面空間不做大改變，一樓照樣有三間拘留室。二〇〇一年，劇場改名為「牯嶺街小劇場」。

像我一樣年過四十，從「文藝少年」老成「憤中」的人，都來劇場看過戲。四十坪的劇場，人跟演員靠得好近，看過的戲都忘了，只記得黑暗空間的壓迫感。

牯嶺街小劇場的戲多半前衛，充滿實驗性。真可惜它改名字了，如果可以在「中正二分局小劇場」演一場控訴國家暴力的戲，時空交疊，不知道是否會有過去的鬼魂飄來一起看戲？

06 紀州庵——文學裡的尋常人生

到紀州庵喝茶，一不小心就掉進故事裡。這裡曾經是日治時期的料理屋，有藝伎服務，一入夜燈火輝煌。料理屋的三樓可以遠眺新店溪沙洲，甚至可以與藝伎一同坐船遊河。最鼎盛時，總共有三十名女服務生在這裡穿梭待客。

畢竟是戰時，偏安繁華很快被炸醒，料理屋停業，精心修整的庭院用來安置轟炸後的傷患。日本人走了，國民政府來了，料理屋成為公務人員宿舍，隔成迷宮般的小房小舍。一次失火後，人們紛紛遷出，無人記得往昔繁華，只把它當鬼屋。

但紀州庵命很硬，千禧年後，台灣社區總體營造如火如荼地展開，台灣大學城鄉所在中正區進行資源調查，當時紀州庵周圍正為了蓋停車場，打算砍掉老樹，附近居民群起保護老樹。

老樹與文學，保護了紀州庵。城鄉所的學生調查出作家王文興曾在此度過年少時期，詩人余光中也為這裡寫了詩，這一牽動，拉出一整片文學地圖，已經變成鬼屋的紀州庵在文學裡復活了。

走到屋後的文學森林，有棵巨大老樹，樹下是日式老屋，屋裡是愛書人，這一切全又化成故事。

植物園臉書會報花訊，可以時時知道最新的花開。

台北植物園 / 地址：台北市中正區南海路五十三號 TEL：02-2303-9978#1420

JUN 07

台北植物園——荷花報信，夏天來了

一走進植物園，馬上被各種味道包圍，花開的暗香、雨水落在泥巴地的霉氣、荷花池微微的土味，還有風吹過樹梢騷動了葉子的清涼氣息。

台北植物園很大，有八．六公頃，大到讓人以為自己在森林，噪音與壞空氣都被隔絕在遠方。

台北植物園也很有歷史，它建立於日治時期的一八九七年，為了研究熱帶植物而設立，最多曾經擁有一千一百二十種植物，光是棕櫚科就有六十種以上。它更是國際植物園保育聯盟的會員，屬於科教博物館。

儘管植物園裡有很多大樹，人們還是貪戀美色，大樹再怎麼往天拔高，也比不上池裡的盛開荷花。每到夏天，花開了，池邊的落羽松瞬間被打成護花警衛；四月盛開，盛夏落盡的紫藤，只能淪為遮蔭的過道。

只知道荷花太可惜。西北雨後，風雨蘭開花，矮矮蔓在小徑旁，這花只開一天就全凋謝了。夏夜盛開的穗花旗盤腳，綻放時像極了一〇一煙火，一定要徹底天黑，才開得完全。

荷花豔麗，但如果只賞荷畫荷，豈不辜負其他努力盛開的花朵？

每週二到週日開放參觀。
欽差行臺 / 地點：位於植物園內，導覽需預約，電洽 02-2303-9978#1420

08 欽差行臺——比老樹還老的遙遠

植物園的角落，有一棟清朝留下的建築，歷史比植物園裡的樹還久，是台灣僅存的閩南式官署建築。那是在清光緒十八年設立的欽差行臺，讓當時來台灣巡視的高級官員歇腳。不過欽差行臺本來不在這，而在城中心。

馬關條約後，唐景崧短暫的「台灣民主國」把這裡當成籌防局，統籌軍務。民主國很快結束，日本人來了，欽差行臺又被當成總督府廳舍，直到總督府完成。後來卻又為了蓋公會堂（現今中山堂），把整片布政使司遷走，欽差行臺就這樣被搬到植物園裡。

跟老樹做鄰居後，欽差行臺終於也安定了，就這麼靜靜地住在植物園角落。那些穿著官服的清朝大官們，面貌早就模糊。然而幾年前，導演李崗拍攝霧峰林家的《阿罩霧風雲》時，又來到這裡，欽差行臺又恢復成堂堂衙門。

戲拍完，人又走了。欽差行臺繼續當古蹟，與老樹作伴。

06|09

每週一休館。

齊東詩舍 / 地址：台北市中正區濟南路二段二十五號　TEL：02-2327-9657

06|10

華山 1914 文化創意產業園區 / 地址：台北市中正區八德路一段一號　電話：02-2358-1914

JUN 09 齊東詩社——風來寫詩了

只要天空有一抹藍，就有詩……如果人不再寫詩，鳥就來寫；鳥不寫，風來寫；風不來寫，蝸牛來寫，昆蟲來寫。——王鼎鈞

台北老舊的日式建築，有很多都荒敗了，我經過那些老屋子時，都覺得心疼。無人照管的庭院，大樹拚命拔天衝高，石屋瓦、大木梁卻一日日風化腐爛，每隔一段時間再經過，雜草長得更高，老屋更荒敗了。

王叔銘將軍宅很幸運被好好地留下了。幸福里的居民們在兩千年時發起保護老樹老宅，最後這棟將軍宅更成為齊東詩舍的所在。除了辦國際詩歌節、詩的安魂曲、詩的復興外，還有畫展。

修整好的日式格子窗外，草地清爽，大樹修剪好，屋頂上的鬼瓦也一片片站得妥妥當當。起風的時候，風灌過走廊，門帘輕輕擺動，韻律像首詩。坐在門邊，看光在樹上跳動，那是光與風在寫詩。

齊東詩舍的網站上，寫著王鼎鈞的詩。鳥啊、蝸牛與昆蟲都在寫詩，人也該在風中掛著微笑，寫首詩了。

10 華山文創——讓歲月做工

酒釀得越久越香，老建築也一樣，全都靠歲月做工。

華山文創正式的名稱很長，「華山 1914 文化創意產業園區」。一九一四年，華山是座清酒釀酒廠，叫「芳釀社」。國民政府接收後，幾經轉變，成為台北酒廠。

一九八七年，酒廠遷徙，廠區荒廢，美麗而堅固的建築無人使用實在可惜，小劇場決定搶攻華山。金枝演社搶先演出《祭特洛伊》，演出當晚氣氛緊繃，劇團做好隨時被驅離的心理準備。小劇場的演出，解開酒廠被棄的命運封印，也為台北市創造出珍貴的展演空間。

轉換成藝文空間後，華山大大小小的展覽不斷，老酒廠變新鮮了，荷蘭的米飛兔來了、日本的伊藤潤二也來了。不只如此，大門口的 Trio 小酒館老是一位難求；「Lagacy」Live House」林憶蓮、萬芳、伍佰都來開唱；「光點華山電影館」，除了播放藝術電影，還舉辦各種影展；華山劇場連進口車商都來此辦記者會。

除了展演，華山的每一道長廊，每一個扶梯，彷彿也有戲。婚紗、藝人採訪、攝影外拍，都喜歡來這裡取景，爬滿常春藤的牆、走老的水泥階梯、老樹下的一片矮磚，隨處一站，都能拍出故事。

歲月做的工，再高的科技都無法取代。

JUN 11 Legacy——台北傳奇

Legacy 是華山文創中，最熱鬧喧嘩、最有個性的改造。這裡的演唱不比大，比個性。

從二〇一〇年，Legacy 就舉辦「城市女聲」系列，萬芳、楊乃文、何韻詩、陳珊妮、蔡健雅、楊丞琳，甚至潘越雲，都來這裡唱歌，她們的每一首歌，都曾經陪伴人們度過漫漫長夜，在不為人知的夜晚，陪人落淚。

這裡還舉辦「台灣搖滾記事」演唱會，我們年輕時愛慕的「夾子電動大樂隊」、「濁水溪公社」、「糯米糰」、「四分衛」、「董事長樂團」，都來這裡嘶吼搖滾，差點沒把屋頂掀翻。

而我在 Legacy 聽過最動人的演唱會，是素人演唱會，他是賴杞豐，曾經是 Funky 的老闆。Funky 是台灣最有名的同志酒吧，張國榮到台灣必定要到 Funky 一遊，劉嘉玲擺動她的水蛇腰，跟賴杞豐跳恰恰。賴杞豐一邊經營酒吧，一邊取得心理學的博士學位，成為心理學大師，最後他把酒吧轉手，四處授課。

賴杞豐的人生夠豐富了，但他還有一個夢，上台演唱的夢。六十五歲生日那天，他租下 Legacy，在滿場觀眾的注目下，唱完整場。演唱會的最後一幕，他在梳妝台前，淡淡微笑，輕輕離開。那一晚，賴杞豐成為 Legacy 的傳奇。

06|11

永豐 Legacy Taipei / 地址：華山 1914 創意文化園區中 5A 館　TEL：02-2395-6660

06|12

Trio 不只有華山店，還有安和店、圓山店，以及 Trio bitters 三重奏比特司，評價都相當高。

Trio café 三重奏（華山店）/ 地址：華山 1914 創意文化園區中 TEL：02-2358-1058

12 Trio——擋不住世界，就讓自己茫吧

在紐約住過一個夏天，那時候最喜歡做的事情，就是傍晚找間有戶外座椅的小酒館，喝一杯調酒，吃點小菜，茫茫地看著街頭。到歐洲旅行時也是如此，找個有樹蔭的餐館，點一杯白酒，吃點醃橄欖，繼續茫茫地望著世界。時時刻刻都活得很分明真的好累。

台北有很多小酒館，但我私心最喜歡的，是在華山的 Trio，它就在辦公大樓旁，有舒服的戶外座椅，旁邊還有大草原，喝茫了可以踩踩草地，很舒服，很多上班族都會來這裡茫一下。

Trio 還有另一個祕密武器，老闆王靈安是有名的調酒師，這裡的調酒自然一流，而且都是用新鮮水果調製，酒保功夫厲害，不妨試試不看酒單，要跟酒保說想喝的味道，說不準會有意外驚喜。這裡的 Tapas 也好，野菇鮮蝦是每次必點，黑板上還有當日義大利麵、燉飯，都很配酒。

在華山隔壁的大樓上班時，光點華山跟 Trio 就是我逃避現實的地方，電影院幫我把世界擋在外面，小酒館幫我把自己搞昏，一樣都好。

JUN 13

光點華山電影館——國家級藝術電影館

跟西門町的喧鬧、信義區的時尚相比，光點華山電影館好小，只有兩個廳，分別才一百三十三、一百七十五個座位。但是光點華山卻是台北很重要的電影院，它是台灣第一間國家級藝術電影館，這裡不搶好萊塢名片，而以藝術電影為主。

金馬影展、女性影展、台北電影節……台灣重要又有個性的影展，都以這裡為基地，熱愛電影的人在這裡穿梭。

看電影是把自己跟現實世界隔離，自願掉進一個故事的洞裡。

為了跟現實世界隔離，所以需要安靜，需要單獨。光點華山變成我的首選電影院。走過光點外的穿廊時，還有大把陽光從透明天花板灑下；看完電影，白日變成黑夜，陽光變成燈泡。

一個人看完電影，心很滿很擠，需要走路。穿廊旁就是老酒館建築，黑暗巨大，沉默地走到八德路上，大約兩百步的距離，正好把心情整理好，回到現實世界。

需要一個人的時候，不妨去光點華山看電影，那裡是台北最沉默又飽滿的地方。

06|13
加入光點會員，優惠券可以在台北光點、華山光點看電影。
光點華山電影館 SPOT-Huashan / 地址：華山 1914 創意文化園區中六電影館　TEL：02-2394-0622

06|14
捷運善導寺站出來後，步行五分鐘可到。
華山大草原 / 地址：台北市中正區八德路一段一號

14 華山大草原——在台北搶到一片草地

走出華山文創，往市民大道的方向走，是整片的大草原，俗稱華山大草原。這片草原與華山文創相連，其他三邊則是北平東路、市民大道與中山北路，總面積四公頃。

這座公園管制少，平日很多狗主人來蹓狗，假日則有市民來野餐，甚至電視台來舉辦野餐節。能在辦公大樓與高架橋邊，搶到這麼一大片綠地，儘管未來還是要歸還中央，成為公家機關的辦公大樓，但能在閒置期間，好好整理，讓市民享用，還是很幸福啊。

這座大草原還舉辦過一場讓人感動的音樂會，張惠妹的「愛是唯一」演唱會。當保守團體一再攻擊同志時，張惠妹挺身而出，用歌聲支持同志。張惠妹的演唱會一票難求，卻為了同志免費開唱，還承諾：「只要你們需要我，我都在！」那天晚上正巧是冬至，氣溫好低，大草原擠滿了人，跟張惠妹一起唱了一首又一首情歌。

那是華山大草原最美麗的一夜。

06|15
國父紀念館站下車後，步行五至十分鐘可到。
松山文創園區 / 地址：台北市信義區光復南路一三三號　TEL：02-2765-1388

06|16
早上九點營業到晚上九點。
閱樂書店松菸店 / 地址：台北市信義區光復南路一三三號 TEL：02-2749-1527

JUN

15 松菸文創園區——在一〇一旁看野鴨游水

松山菸廠從開發之初，就引發很大爭議，反對者希望可以保留松菸的建築與森林，讓台北市有更多綠地，留下更多歷史建築。可惜這裡畢竟是市中心，緊鄰忠孝東路、光復南路，土地價值非常高，最後，只保留幾棟菸廠建築與生態池。

生態池雖小卻保住許多生物。擅於隱藏的五色鳥在樹梢跳動、曾經被列入保育類的長吻白蠟蟬也躲在水草間，如果這兩者都沒見到，至少有白頭翁在拍翅飛翔。

路過松菸，別急著鑽進文創小店掃貨，花些時間坐在池畔發愣，特別是秋天，稀少的大安水蓑衣會開出紫色小花，白鴨在花間梭遊，任何喧鬧都影響不了鳥游花開。

16 閱樂書店——書店風格之必須

獨立書店的美好，在於風格。有河 Book 有詩、女書店有女性主義坐鎮、好樣本事有態度、水準書局有個曾大福，後來居上的松菸閱樂書店只好請出張鐵志了。張鐵志作為社會觀察家，有敏銳的品味，不是每一本書都上得了閱樂的書架。

閱樂進門的平台有貓貓狗狗小日子小地方的風格雜誌。書店兩側大書架，有新上市的村上春樹小說全集，也有褚威格傳記。因為是老菸廠改的，挑高的書店帶著歷史氣味，桌子椅子也有點年歲感，隨便找個角落坐著讀書，很容易就掉進書的世界。

書店外有個木頭平台，台子上有大樹遮蔭，台子前是松菸的生態湖，這樣悠閒的地方，讀社會學太辛苦，不如讀點生活誌吧，閱樂有賣喔。

JUN 17 女書店——守護女人的靈魂

一座城市擁有的書店，足以證明它的深度。台北有誠品當門面，打天下，卻有更多小書店支撐著這座城市，它們是城市的靈魂。

一九九四年成立的女書店，是華文世界第一間女性主義書店，店面很小，在台大校園對面的小巷子裡，樓下是女巫店，小小的 Live House，陳綺貞也在這裡唱過。

女書店在二樓，董陽孜寫的「女書店」三個字高高掛在半空中，狹窄的樓梯間貼滿海報，從小劇團到新書快訊都有。轉進店裡則讓人驚喜，明亮的書店裡，擺滿各種女性書籍，從女性主義到女性創作，從詩、小說、散文到評論，全部都有。

女書店是許多女性知識分子的小書房，在還沒有網路的年代，許多女性主義者都是到女書店留言交待訊息，有東西要轉交，只要整理好寄放著，從來不會搞丟。女人們不只在這裡得到知識，也得到很多支持。

女書店的存在，證明了台北的獨特與美好。

06|17
女書店／地址：台北市大安區新生南路三段五十六巷七號2樓　TEL：02-2363-8244

06|18
女巫店店規：禁帶外食、嚴禁裸露，三點全露，抱緊處理。
女巫店／地址：台北市大安區新生南路三段五十六巷七號1樓　TEL：02-2362-5494

18 女巫店——全世界最靠近陳綺貞的地方

我就是在這裡愛上黃小楨的。大學畢業第一年，黃小楨出了第一張專輯，當年我們都很青澀。有次去女巫店聽歌，時間還早，我叼根菸在巷子裡晃，突然在汽車與汽車間，看到一顆蘑菇頭，我好奇蹲下來看，竟然是黃小楨。演出前，她很緊張地抱著身體窩在路邊。上台後，她嚷著：「好緊張。」卻說說笑笑就唱完了。

到女巫店聽歌，就是這麼自在。小小的店，擠一百人就滿。陳綺貞、張懸（焦安溥）、蘇打綠，甚至陳珊妮，都在這裡唱歌，我們乖乖在台下聽，偶爾她們會喊下面的人上台唱，我替上台的人緊張，後來才發現是另一個歌手，怎麼樸素得像路人。

在這裡成名的歌手，總會回來。一把吉他、一支麥克風、一張椅子，巡迴世界的陳綺貞就這麼唱起來了，一百張票，上萬歌迷搶，甚至有人從日本、新加坡飛來搶。因為在全世界其他地方，你不可能這麼靠近她，看見她最樸素的一面。她戴眼鏡笑著唱歌，你在一隻手臂遠的地方，微笑聽歌。

JUN 19 有河 Book——生活裡有詩是幸福的

生活裡有詩是幸福的。

淡水河岸邊有一間在二樓的書店，「有河 Book」，人們來這裡不只為了讀書買書，更為了讀詩看詩。店老闆 686 跟隱匿是店員一號、店員二號，沒有大資本，冒險開了小書店，如今也十年。

沿著樓梯往上爬，牆上寫著「逛書店是一種向上運動」；樓梯間牆上是藍色的水鳥，書店牆上是淡水河、觀音山，與鳥。陽台與屋子裡都有貓。

更美的是那面寫滿詩的玻璃，來訪的詩人、作家，總被邀請寫下詩，甚至集結成詩集《沒有時間足夠遠》、《兩次的河》。張曼娟、吳明益、朱天文、羅毓嘉、瓦歷斯・諾幹，甚至連波蘭來的詩人，都在這裡留下詩句。

隱匿也是詩人，她在書序中寫著：「時間是從二〇〇六年十一月二十五日，有河 Book 開幕的這一天開始。我們在面對淡水河與觀音山的這片玻璃上寫詩，詩句隨著晴雨日夜的改變而改變，即使是同一首詩，也沒有一秒鐘是相同的，你無法讀到同一首詩，兩次。」

在淡水河畔看日升日落，貓來貓去，本身就是一首詩。

06|19
出了淡水捷運，沿著河，散步三分鐘就到了。
有河 Book / 地址：新北市淡水區中正路五巷二十六號 2 樓　TEL：02-2625-2459

06|20
早上十一點營業到晚上十點。
永楽座 / 地址：台北市大安區羅斯福路三段二八三巷二十一弄六號 TEL：02-2368-6808

20 永楽座——如果書店就是劇場

在台電大樓站後方的永楽座小小的，簡單而明亮。初開張時，老闆石芳瑜就一直在找出路，畢竟附近有茉莉、胡思等大型二手書店，說好聽一點是相互依偎，說直接點是夾殺啊！

搬過三次家的永楽座，從地下室搬到二樓，終於回到一樓。一路跌跌撞撞，吃足苦頭，如今總算有些甜蜜的滋味。小小的店面，臨巷就有大窗，裡面光亮亮，樸素，但舒服。還有個小架子，放了黑色小卡，上面寫了ＢＢＳ詩，免費讓人拿取，不讓詩孤零零躺在詩人的螢幕上。

店名「永楽座」也是有由來的，永楽座原本是日治時期在大稻埕的劇院，石芳瑜決定開書店時，就想到永楽座，她想像，如果書店就是劇場，一定很美好。

如今在永楽座裡，真的不只有詩集，還有走動的詩人、作家，他們不只來買書，還來說書，原來，石芳瑜找到的新出路，真的是「把書店變成劇場」。這小小的店，不只有了人氣，也有了名氣。

06|21
舊香居師大店／地址：台北市大安區龍泉街八十一號　TEL：02-2368-0576

06|22
水準書局／地址：台北市大安區浦城街一號 TEL：02-2364-5726

JUN 21 舊香居——老書頁的迷人香氣

以前的舊書店比較樸（ㄐㄧㄢˇ）素（ㄌㄡˋ），老是飄著淡淡霉味，書頁還泛黃，有些人不喜歡這種味道，可是我喜歡。新竹有家海邊書房，專賣舊書，小時候爸爸常帶我到海邊尋寶，那是屬於我跟爸爸的溫暖回憶。

台北市龍泉街有間老書店，就叫「舊香居」，從一九七九年吳輝康經營的「日聖書店」，到現在搬過數次家，改名「舊香居」，如今書店傳給女兒吳卡密。

吳卡密是這麼介紹舊香居：「文化的底蘊實繫於書，我們深信古舊書店的存在，正是衡量一個社會文化水準的尺度。」

經營獨立書店，心裡對書都是滿滿的愛。從吳輝康開始，就到處尋找奇珍異本，累積到現在，成為舊香居的根本。舊香居也收舊畫，成為古書之外另一項特色。經年累月地收著，豐富了舊香居。也只有這樣的古書店，可以辦出不同的書展，例如「日據時期～五〇年代中小學課本展」、「名人信札手稿展」，還有各種珍本展示。

舊香居的門面不鋪張，就是這樣樸樸素素地守在街角，一如珍本，貌不驚人，卻只有懂它的人，明白這有多珍貴。

22 水準書局——不好看，我送你去歐洲的機票

我有一本《安娜・卡列尼娜》上冊，是的，只有上冊，沒有下冊，而且我只看了幾頁。我去水準書店時本來不打算買那本書，是熱心的老闆曾大福在結帳時，硬塞給我，嘟囔著：「不好看拿回來，不用錢！」推托之下，書放進包包，卻忘了有沒有付錢。

曾大福總是這樣。水準書局特價讓人心動，老闆卻讓人無可奈何。他才不管結帳的隊伍排多長，非要推薦幾本好書給你，那是一種難以拒絕的熱情。當然，不耐煩的人會被惹火，像我這樣少根筋，腦波又很弱的，就會不知不覺多帶好幾本書回家，常常搞不清楚到底花了多少錢。

水準書局就這樣活了三十幾年，文藝美少女都變成歐巴桑了，水準書局還是老樣子，從門口開始堆滿書跟海報，為了多放幾個書架，走道狹窄，很容易撞到人。

曾大福是水準最寶貝的存在，講到興頭，二折三折隨便賣。別的書店抓到偷書賊，都要賠十倍，曾大福不只不要賊賠錢，還把書送給他。曾大福笑笑說：「人家都沒錢看書了，還要他賠十倍？愛書，就把書送給他啊！」

06|23

VVG Something 好樣本事／地址：台北市大安區忠孝東路四段一八一巷四十弄十三號 TEL：02-2773-1358

06|24

茉莉二手書店在台北總共兩家書店，一家影音館，台中、高雄也有分店。

台大店／台北市中正區羅斯福路四段四十巷二號1樓 TEL：02-2369-2780

師大店／台北市大安區和平東路一段二二二號B1 TEL：02-2368-2238

影音館（影音品專售）／台北市中正區羅斯福路三段二四四巷十弄十七號 TEL：02-2367-7419

JUN 23

好樣本事——紅木門裡的無窮宇宙

我永遠記得第一次撞見好樣本事。那是個下雨的冷天夜晚，剛和朋友喝了熱奶茶，從好樣餐廳走出來，互道再見後，朋友匆匆趕往下一個聚會，我在街頭淋雨，想著接下來該去哪裡？一抬頭，看見好樣本事的紅色木門。

紅色木門裡透出溫暖亮光，在夜晚發亮，像個歸處。我拉開木門走進去，滿眼所見都是書，一本又一本精裝書，平鋪在台上，有食譜、建築、藝術……書面同樣閃著光亮。翻開書，油墨味在空氣中散開，混雜著我不小心帶進來的潮濕氣味，這裡就是個書洞啊！

十來坪的小空間，角落擺了好幾張椅子，讓人坐著看書。鳳眼薄唇的女店員，簡直是牆上畫裡的女生走出來，張口招呼：「請坐下來看書，別客氣。」如果這是書店的迷魂陣，我心甘情願跌進去。

迷失好長的時間後，買了一本日幣標價的小書，小心翼翼收進書包，深怕被夜雨淋濕。不捨地拉開小紅門，關上滿屋的書。

好樣被選為世上最美的二十間書店之一。它應當是入選書店裡，最小的一間。正確來說，好樣不是書店，而是書蟲的溫暖洞穴。

24 茉莉書店——錯過的總會在這裡遇到

在買書這件事情上，我很老派，雖然在網路上點一點就可以買書，還不用提著走路，但我就是喜歡站在書店翻著書頁，一頁一頁地感受。

書的世界太擠，台灣一年出版三、四萬本書，能被看見的機會太少了，書的世界也太快，網路書店不只有月排行、週排行，現在還有即時榜。實體書店如誠品、金石堂平台的新書，頂多放一個月，就被打上書架罰站。

在二手書店卻可以遇上被錯過的書。像一份珍貴而特別的禮物。

茉莉公館店的落地窗旁有張桌子，買一杯三十元的咖啡，就可以坐在那裡看書。一次限拿五本。我最喜歡挑幾本書，靜靜坐在窗邊，細想著哪些要帶回家，哪些要留給別的有緣人。不用說，多半都被我扛了回家。

雖然家裡書架太擠了，可是這些被錯過的書，一直在架上等我，我們好不容易相遇，怎麼能再分離！一定要帶回家啊！

JUN 25

永和小小書房——熱鬧巷子裡的安靜書店

人聲鼎沸的永和，有一間小小的店，店裡有貓，貓與人守著一屋子書。夜晚一到，小小就熱鬧了。這裡定期有讀書會、分享會、編採課程、音樂會，雖然小，卻小得很豐富。小小甚至有一本《小小生活特刊》，記錄永和在地變遷。

開店前，劉虹風就在心裡有了藍圖，小小書房，要把散落在各地的孤單愛書人召喚到店裡。店老闆劉虹風自己就是被召喚的人，她小小的夢想剛成形時，在部落格寫著：

在世界的某個角落，有一家這樣的書店，它不只有堆疊四處書的氣味，它會有偶爾抬頭從書裡望向窗外光線的讀者；有打聽著某本不存在於私人書房裡的書癡；有分享自己在哪邊購得了什麼好書，令眾人羨豔的書狂；還有把來書店參加讀書會當作是生活裡，非常非常重要的一件事情的讀者……在那間書店裡，我們逐漸地將彼此的生命交織在一起。存在著這樣的書店嗎？

夢想推著她往前，不知不覺，小小書房找到落腳處，她簽約了、開幕了、辦起一場又一場書的活動。

不知不覺，小小九歲了，很快就要十歲、二十歲、三十歲，這個世界啊，真的存在著她夢想的書店呢，就是她親手創造的小小書房。

06|25
小小書房在二〇一五年末又搬了家，不要跑錯了。
小小書房／地址：新北市永和區文化路一九二巷四弄二之一號　TEL：02-2923-1925

06|26
書店區每日營業到凌晨十二點。二十四小時不打烊只限於敦南誠品唷。
誠品信義旗艦店／地址：台北市信義區松高路十一號 TEL：02-8789-3388

26 信義誠品旗艦店——用書本擠掉鍋子的志氣

講了那麼多書店，前面也寫了敦南誠品，怎麼能漏掉誠品信義旗艦店。誠品書店在這幾年有許多爭議，但它對台灣來說，仍是一個無法抹滅的重要存在。

坦白說，第一次踏進信義誠品，心是慌張的，身為一個寫作的人，處在這麼華麗的「書店」，很不踏實。「寫書」這個行業，哪裡是這樣光鮮亮麗。逛了一圈之後，我更慌亂了，因為我只顧著看漂亮的衣服、文具，甚至碗筷，卻一本書都沒有拿起來啊！後來我才知道，信義誠品不只是書店，它根本是很有品味的文化百貨公司。

這麼說真的沒有不敬，相反地，我覺得很好，雖然日本的蔦屋書店扎扎實實三棟樓都賣書，還擺了沙發、小桌，讓人舒舒服服看書，我逛著好羡慕。但是台灣光靠賣書，不賣文具、衣服、鍋子、橄欖油，能撐起三棟樓的書店嗎？

我不怪信義誠品變成文化大商場，我只盼望台灣看書的人可以再多一些，理直氣壯用書本把鍋子擠走。

06|27
水牛書店台北店 / 地址：台北市大安區瑞安街二二二巷二號 1 樓 TEL：02-2707-7003

06|28
早上十點營業到晚上九點。
我愛你學田市集 / 地址：台北市大安區瑞安街二二四號 TEL：02-2755-7392

JUN

27 瑞安街水牛書店——在靜巷裡養出一頭牛

水牛出版社原本是彭城晃養的，專門說台灣故事，耕台灣人的心田。時代改變了，老水牛撐不下去，找到羅文嘉，慎重地把一屋子的小水牛交給他，期待他繼續養育這些牛。羅文嘉接手後，想方設法讓水牛有田可耕。原本他只是在新屋設了二手書屋，因緣俱足下，台北市大安區的瑞安街竟然也有了水牛的身影。

台北水牛書店在公園旁，簡單的木門與窗戶，讓路過的人一眼望穿裡面的成排書架跟大書桌。大書桌常辦活動，無論是太陽花運動的演講、小黨參選人的募款餐會、動物影展等，都顯示了主人的視野與關懷。

大安區的這一頭水牛，實心實意，在城市裡耕著自己的一畝田。

28 我愛你學田——總統也來做便當

水牛在瑞安街耕田沒多久，隔壁的社會企業「我愛你學田」也跟著開張。起初，學田只賣小農的菜跟羅文嘉種的米。小農種什麼，他們就賣什麼，蒲瓜盛產的季節，地板上放滿蒲瓜，一顆十元隨便賣。後來二樓賣起餐點，蔬菜當然也是小農種的。除了蔬菜，還有好好吃的葛瑪蘭豬肉、烤魚料理、鴨油薯條、超歡樂豬豬鍋，主廚

很愛換菜單，小餐廳就像歐洲小館子，輕鬆親暱。

這家店更會賣「人情」。主持人劉昭儀花樣多得不得了，只賣菜賣餐不過癮，她還搞公益便當，把藝文界朋友全找來做便當，菜錢學田出，便當所得全數捐給指定的公益團體，連蔡英文總統都來做過便當。歲末街友尾牙時，我愛你學田甚至不賣餐，廚房人力全部拿出來，幫柯一正做鹹粥，幫吳念真做白菜滷。

以前住花蓮時，最喜歡這種鄰里小店，沒想到台北大安區也有「學田」，誰說天龍國很冷漠？

JUN 29-30

淡水——城市之河的故事

浮光晃動的六月，小旅行就到海天豔豔的淡水漁人碼頭，悠閒一下。

這趟旅行可以乘船去，只不過得換很多站，不如先在路上遊玩。淡水沿線其實有很多好玩，以淡水捷運站為起點，有淡水老街、小白宮、淡江中學、真理大學、紅毛城、一滴水紀念館、雲門劇場、滬尾砲台，一路玩到出海口漁人碼頭。

傍晚時分，漁人碼頭岸邊都是人，等著看有名的淡水夕照。紅通通的太陽掉下大海前，把河面照映成整面金橘色，還來不及讚嘆，夜晚就來了，燈也點亮了。

隔天清早，才是重頭戲。搭藍色公路遊河啦！藍色公路有不同航班、路線，從大稻埕碼頭出發，可以往關渡、淡水碼頭，甚至換船班到左岸八里，花樣也很多，有貴婦下午茶、自然生態之旅、人文歷史之旅。從漁人碼頭出海口往回走，則會經過觀音山、淡水小鎮、紅樹林，一直回到充滿歷史記憶的大稻埕。

我很喜歡搭船旅行，在英國運河搭船時，喝了冰涼 Cider，茫茫地讓船載我到龐克文化聞名的 Camden Market，人一到市集就醒了；巴黎初冬，我在塞納河畔的麵包店買了一塊杏桃酥、一杯熱咖啡，上船後卻顧不得吃，沿河貪婪地看著巴黎的一切；美國獨立紀念日那晚，我跟朋友到哈德遜河畔的公寓，從天台看燦爛花火，花火印在河上光影疊疊。

在東京隅田川遊河時，我甚至為了城市美學，跟同行友人激辯起來。儘管立場互異，我們最終卻都同意，如果我們只重視升學考試，不在乎生活教育，我們選出的領導人，自然也只是會讀書，不懂美學的書獃子。我們該如何期待他們創造出城市的生活美學？

淡水河的景色不輸隅田川，但我們該找到什麼樣的方法，好好述說這條河流的故事？好好地用這一條河流，創造出深刻的城市風情？

七月
盛夏偷閒，放肆翹班

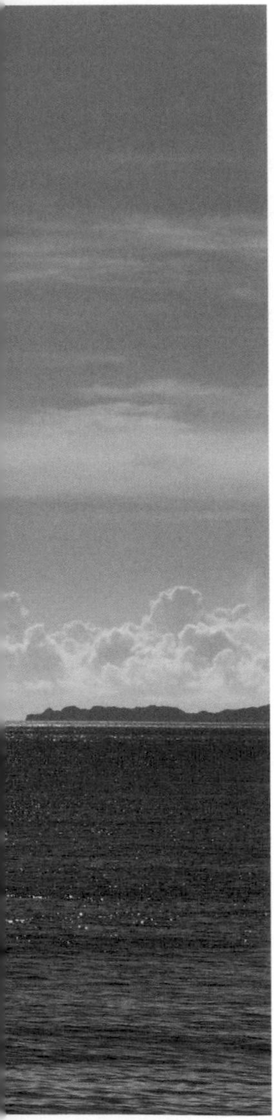

夏天來了！還不快出門放肆大玩！

夏天是大海的季節，是吃冰的季節，是不顧一切的季節！

夏天翹班是道德的。從北海岸一路往北開，整片大海光亮光亮，誰受得了！更別提漁港的海鮮活跳跳招手，怎麼能辜負！

不去海邊，往山裡走也行，烏來內洞讓人明白什麼是「一汪綠」，金瓜寮溪邊也許能遇上尊貴的台灣藍鵲。台北人真是太幸福了，跳上車，一個小時內就到海邊、山裡，冰冰涼涼度過夏日。

如果不敢翹整天班，至少偷一個小時，提早下班，去吃冰、去熱血咖啡館、去吃熱炒配啤酒！

07|01
北海岸沿路有許多咖啡館，找間看得到大海的便行，重點是海。
洋荳子咖啡屋／地址：新北市金山區忠義路二十九之一號 TEL：02-2408-2455

07|02
買海鮮時，記得要問清楚計價方式喔！
富基漁港觀光漁市／地址：新北市石門區富基村（北海岸公路旁） TEL：02-2638-3306、02-2638-1021（漁港魚貨直銷中心）

JUL 01

北海岸的咖啡館——從老闆那裡，偷回一點人生

每次上班看到外頭陽光燦爛，我就待不住，逮個空檔翹班去。

我的路線是開車往北海岸走，畢竟是翹班，時間太短、準備太少，無法往海裡跳，但光看海也值了。從淡水以後都是看不完的大海，一路經過三芝、白沙灣，陽光在海波上發光，這就是夏天啊！

開累了，就挑間可愛的咖啡館進去發呆吧。有像地中海砂糖屋的洋荳子，也有停靠在海邊公路的咖啡小巴，撐幾把大洋傘就做起生意，直接面對大海。

這種海邊咖啡館，不要認真追究咖啡好不好喝、蛋糕好不好吃，這裡賣的是海、是慵懶，是一種眾人皆苦我獨樂的爽！

只不過，每次推開咖啡館的門，我心裡都忍不住偷笑，哈！原來世上翹班的不只我一個，這裡多的是上班族。

誰活著沒有點小奸小惡，翹班無關道德，只是為了讓自己好過些，告訴自己：生活不是死的，不是只有固定軌道，我的生活由我自己控制。

吹著強力冷氣，看著波光搖晃的大海，想著在辦公室跳腳的老闆，啊，我忍不住邪惡微笑，偷竊時間是美德。

02 富基漁港——長堤夕陽與肚裡海鮮

翹班已經夠邪惡，如果喝完咖啡還去吃海鮮，那就是終極邪惡了！哇哈哈哈！不過偷吃要乾淨俐落，千萬不能外帶被贓到。

富基魚港可以買海鮮，也可以挑幾樣，找間餐廳代客料理。買尾鮮魚、幾顆大蛤仔、螃蟹，再加上餐廳送的青菜，海鮮夠鮮，清蒸加點蔥蒜米酒，好吃得不得了。拿起大蛤時，湯汁都不小心順著手流下來了，不要用衛生紙擦掉，要用嘴巴去接啊！

吃飽喝足，就到漁港外走走，港邊長堤看夕陽非常美麗，看鹹蛋黃掉到海裡，辦公室紛亂的爭執也噗通掉進海裡了。

這幾年富基漁港越來越紅，墨西哥帽遠遠看了就開心，漁港也變得更乾淨，但是海鮮變貴了不說，甚至亂喊價，說好一隻一百，結帳時卻又改成秤重、秤重時還故意不把海水瀝乾偷點斤兩，讓人心裡很不舒服。到海邊亂晃、吃海鮮，本來很放鬆，現在卻要玩起諜對諜的遊戲，真掃興。

夏令時間上午九點開放到晚上六點；冬令時間則開放到傍晚五點。
富貴角燈塔／地址：新北市石門區富基里（二號省道二十五公里處，往富基漁港內進入）

JUL 03

富貴角燈塔——經過生死，走向高處

不想玩樂，只想在海邊走路、沉思，可以到附近的富貴角燈塔。燈塔建於一八九六（明治二十九）年，是日本人在台灣本島蓋的第一座燈塔，塔內還設置了台灣第一座霧笛。富貴角燈塔曾是個軍事要塞，牆上還有槍眼。

戰爭已遠，沿山建了岬角步道，可以看海，海邊還有全台灣最多的風稜石。岬角風大，吹起細沙日日打著岩石，把岩石吹出凌厲切面。

步道的另一側，則可以走到老梅石槽。石槽上布滿綠藻，那是一層又一層的生死撲蓋出來的。綠藻附在火山岩上，殘骸化為薄薄的石灰質，新的綠藻又在石灰質上繼續生長。

看了風稜石、綠色礁岩海岸後，緩步走個二十分鐘，就到燈塔處。燈塔內部已經開放，由交通部管理。

看著被生死綠藻覆蓋的石槽，大海不斷拍打，傷不了它分毫，卻帶來養分，認真想想，我們在職場上忍耐的一切，又有什麼過不去？大不了把自己當塊石槽，把老闆無理咆哮當成海浪，養分總會留在自己身上。

寫作的同時，石門外海發生貨輪擱淺事件，油汙外漏，汙染整片海岸線。科技是必要之惡，帶來便利，也帶來傷害。
石門風力發電站（風車公園）／地址：新北市石門區小坑十二號 TEL：02-2638-1721（石門區公所）

04 石門——基本就是個浪漫

風車公園其實是「台電石門風力發電站」，也是台灣第一座商業風力發電機組，在設置時，就已經考慮如何融入整體環境，便把所有的高壓電纜管線埋到地下，把發電站改為公園，設置人行步道，步道的盡頭是風帆似的涼亭，涼亭遠眺是大海。誰說科技必然影響環境，如果用點心思，反而讓環境更美啊。

走下山頭，則是石門婚紗廣場。小小的廣場，據說以前是老舊鐵皮屋，拆除後改成讓人感覺很幸福的婚紗廣場。這裡的一切幾乎都是純白色的，簡單的地中海風格拱門、拱門走廊、彎彎樓梯，在靠海的一端，還有羽毛般的大型裝飾，高高聳立，在藍天大海下，真的很美麗。

第一次到希臘小島時，我忍不住抱怨：「希臘的山好醜，光禿禿，我們台灣的自然環境美多了！希臘就是美在人文建築而已！」雖然我更期待有台灣特色的海濱公園，但是能有一座小小的地中海婚紗廣場，對去不了遠方的新人來說，也還是好幸福。

JUL 05

跳石海岸——進城像玩命

前面才說了翹班的樂趣，真的知道跳石海岸的故事，反而羞愧了。北海岸二十九至三十九公里的這一段路，除了大海美、咖啡館美，很多人忽略岸邊石頭。圓石來自八十萬年前，大屯火山群噴發，熔岩漫流到海邊，被大海與歲月磨圓了。圓石延伸的海岸，在清同治年間還入選「淡水八景」。

在沒有淡金公路方便居民往來時，進城一趟，簡直是玩命。想離開或回返金山，都得等退潮，在亂石堆上跑跳過海。古書上也記載：「行人跳石以渡，失足則墜於海。」

想到先民挑著漁獲、地瓜，搖搖晃晃在石頭堆上跳動，我卻翹班，舒舒服服喝冰拿鐵、欣賞海景，能不慚愧嗎？

據說旺旺集團的蔡衍明當年遇到困難，到十八王公廟祭拜後，回家夢到黑狗對他汪汪叫，於是把公司改名「旺旺」，果真一路旺。

新乾華十八王公廟／地址：新北市石門區茂林五十二號 TEL：02-2960-3456

06 十八王公——摸狗身，大幸福

淡金公路旁的山腰上，有座狗作主的廟，十八王公廟。十層樓高的黑色大狗比廟還大，直挺挺地站在山頭。

據傳是清朝來台的船上，有十七個人跟一隻狗，船翻覆，人被打到岸上時都死了，狗卻活下來，守護著死去的主人。金山當地人不忍心，把十七人都埋了，蓋土時，狗也跟著跳進墳裡不肯出來，堅持跟主人一起死去。後人為了感念狗的忠誠，起廟紀念。沒想到這廟還真靈驗，特別是對特種行業的人，更是庇佑。

十八王公的忠狗是傳說，沒人知道真偽。但我們家以前也養過一隻小黑，爸爸是牠的主人，爸爸病了，小黑就陪著他。爸爸死後一個星期，小黑安安靜靜死在爸爸房門口。我不忍心用忠狗來形容小黑，寧願怪自己疏於照顧。

其實不單單十八王公祭拜狗，北港義民廟祭拜義犬將軍、台中也有七將軍廟。狗神很靈驗，特別是狗走失時，去廟裡拜拜，很快就可以找回來。不知道狗神是否可以反過來，處罰那些任意丟狗的人？

度假小屋通常不會在租屋網出租，但管理室都有詳細的出租資訊，可善加利用。
翡翠灣福華渡假飯店 / 地址：新北市萬里區翡翠路十七號 TEL：02-2492-6565

JUL 07

翡翠灣福華——來去海邊住一夏

到海邊住一個夏天，窗子要看得到海，走出房子就是沙灘，應該是很多人的夢想。我在幾年前的夏天，終於實現。

為了做萬里蟹的調查，我不顧一切搬到萬里海邊，在翡翠灣住了三個月。

翡翠灣在基隆與金山之間，半月型的白色沙灘有一千五百公尺長，海灘邊有飯店、娛樂設施，甚至還有美麗的白色城堡，雖然少了鄉下海邊的樸素，卻不掩大海的遼闊。

萬里翡翠灣福華飯店緊鄰著海，建造之初，就設定除了其中兩層樓是飯店住房，其餘都是對外銷售的海濱度假套房。立意雖好，可是台灣人根本工作狂啊，很多屋主帶著夢想買下套房，卻沒時間來住。我則撿了現成的便宜，租到裝潢成一艘船的小套房，陽台外就是一整個翡翠灣。

調查之餘，每天到海邊走路，偶爾奢侈買票券到飯店游泳。想吃海鮮，就到龜吼漁港買螃蟹，回小套房加點薑片、米酒、蔥段，水滾了放下去燙一下，好吃得不得了！

來去海邊住一夏，不是遙不可及的夢想啊。

馬路邊的紅線是真的會開罰單，千萬不要偷懶亂停！

維納斯海岸／地點：東澳漁港與龜吼漁港間的漁澳路，面東約三公里的海岸線即為維納斯海岸。

08 維納斯海岸——愛情比岩石還硬

在萬里的夏天。每到傍晚，我就喜歡騎機車到維納斯海岸晃盪。

維納斯海岸，是從龜吼小村到野柳之間的這段海岸線被票選為台灣最美麗的海岸線，跟野柳地質公園相比毫不遜色。地質公園讓人感受到奇形怪狀的樂趣，維納斯海岸則是看見風化之美。

砂岩與礫石交錯，讓這一小段路充滿不同的風情。從野柳往龜吼前行，會先經過高聳如門的駱駝山。砂岩組成的駱駝山，身上有著細膩的玫瑰紋。爬到山的背後，黃金般的砂岩被風吹出不同紋路，每一道紋路都非常獨特，看久了很容易著迷。

許多新人都選在這裡拍攝婚紗照，每次騎車經過，總會看到攝影助理幫忙把新娘的白紗撈起。費工一點的，就繫一條白紗圍巾，助理拚命撩白紗，只希望它能隨風飄出美麗的弧線；聰明偷懶的，就帶愛心氣球，在藍天背景中，留下兩顆心。

我穿著夾腳拖，悠哉看婚紗攝影跟婚紗奮戰，真想把手中的啤酒遞給他們，放輕鬆嘛，都到這麼美的海邊了，喝酒看海才是王道啊。

07|09
開放時間因季節調整，平日開放時間為早上八點到傍晚五點；五至八月開放至晚上六點。
野柳地質公園 / 地址：新北市萬里區港東路一六七之一號 TEL：02-2492-2016

07|10
飛行傘屬於高危險運動，一定要有專業教練指導。可以參考中華民國滑翔翼協會網站。
萬里飛行傘基地 / 地點：新北市萬里區北基里（北基社區上方） TEL：02-2434-8686

JUL 09

野柳地質公園——參見女王陛下

「野柳有個女王頭」，很小時聽大人這麼說總是很好奇，為什麼只有野柳的海邊有個女王？長大後才明白，這是一切機運組成。

必須得有方向、構造、物件，才能有女王誕生。海岸延伸的方向、地質與構造線近乎垂直；波浪侵蝕、岩石風化；海陸相對運動、地殼運動，得這麼多條件，才能創造出世界少見的蕈狀石、海蝕地形。女王頭更是全世界唯一。

開放中國觀光客後，來野柳參見女王陛下的人更多了。海岸畢竟危險，不能亂闖，只好規劃行走路線，沿著海岸，人群排成一列，等著參見女王陛下。

也是真正到了野柳才知道，值得看的不只有女王頭，還有奇妙的壺穴、蜂窩石、豆腐石，以及應該是女王落下的那只仙女鞋。

10 萬里飛行——如果我也能飛翔

在天上飛翔，到底是什麼滋味？

每次從外木山的山彎轉進萬里時，常常會在遠遠的天空上看到彩色飛行傘，從萬里山頂上飛下來。從天上看海，肯定毫無遮攔。

萬里的飛行基地，是台灣最有名的飛行傘基地，右手邊遠眺基隆外木山，前方是翡翠灣，左手則是野柳海邊。我們在陸地上趕路才能看到一片風景，乘著飛行傘，卻可以一眼望盡。

起風時，不要猶豫，照著教練指示往山坡盡頭奔跑，風自然會撐起傘，把你送上天空，到時候整片大海都是你的了。

JUL 11 金山鴨肉ㄜ——想吃什麼儘管拿吧

別以為沿著海岸線只能吃海鮮，金山金包里的「鴨肉ㄜ」超級厲害！有人甚至發下豪語，來金山可以不看海、不玩水、不泡湯，卻一定要吃鴨肉ㄜ！

店名取作「鴨肉ㄜ」，很多人誤以為來吃鵝肉，到現場才發現搞錯了，是「好好吃的鴨肉ㄜ！」。來這裡吃飯，要眼明手快，趕緊占張桌子，然後到平台拿菜，別猶豫，想吃什麼就快拿，不會後悔的！這裡的鴨肉平日賣個五百隻，假日會超過一千隻，看有多火！

我每回來吃，都覺得很像小時候在阿嬤家吃辦桌，菜量是滿滿堆上來，不怕你吃，只怕你吃不飽。坦白說，它的鴨肉並不特出，反而是配菜轟轟烈烈！從炸蝦卷、滷筍絲、炒小卷、酸菜炒大腸、燙蝦炒麵炒青菜，每一盤都裝得很滿。一盤從一百二十元起跳，炒麵則從三十元起跳！也許有人嫌這樣的菜粗了些，但我真的好喜歡這樣豪爽大吃！而且小卷還是港邊的新鮮貨，哪裡粗陋。

在鴨肉ㄜ吃飽後，就直接到老街找甜點。金山產地瓜，老街上的現做拔絲地瓜，有夠甜蜜！蔴粩也是金山名產，花生、芝麻都有，甚至怕人吃太飽，還有迷你蔴粩，也太貼心！

07|11

鴨肉ㄜ太火紅，餐桌不只集中在一處，連對面空桌都可大方坐下，記得開口問，別傻等喔！

金山鴨肉ㄜ／地址：新北市金山區金包里街一〇四號 TEL：02-2498-1656

07|12

音樂祭地點在福隆海水浴場。交通方式如下：

自行開車：國道一號－八堵交流道下－省道台六十二線－省道台二線。

大眾運輸：火車與國光客運都有班次到達福隆站。

12 貢寮海洋音樂祭——在海邊盡情燃燒吧

夏天當然要去海邊，而且要搖滾、要啤酒！

貢寮海洋音樂祭從二〇〇〇年開始辦，已經十六年，最早是跟角頭音樂合辦，鼓勵台灣樂團跟獨立音樂人，是每年夏天台北重要的沙灘搖滾。

貢寮海洋音樂祭不只有表演，還有比賽。第一屆評審團大獎的得主，就是陳綺貞，她在出道前已經得過木船民歌比賽第一名，成名前，她在天橋、地下道、書店、騎樓唱歌。

第四屆評審團大獎得主則是蘇打綠。二〇〇三年，所有團員都將從政治大學畢業，那年夏天，他們決定做一場「in Summer」小巡迴，在音樂祭跟小型展演場唱完後就解散。沒想到他們在海洋音樂祭的演出感動音樂製作人林暐哲。那一年，蘇打綠奪下貢寮海洋音樂祭評審團大獎。林暐哲更簽下蘇打綠，改變了他們音樂的路途。

這一場海洋音樂祭不只是吶喊、聽歌，它還燃燒了無數獨立音樂人的夢想與熱血。

夏天到了，一起去音樂祭燃燒吧！

JUL 13

大安森林公園——免費的夏夜派對

生活在城裡，如果也能享受夏夜晚風，不知道有多幸福？

小時候住鄉下的阿嬷家，入夜後，一家人坐在稻埕吹風閒聊，電視機裡傳來楊麗花歌仔戲的聲音，小孩子們躺在阿嬷編的草蓆上，涼風襲人，沒一會兒就舒服得睡著了。

回到眷村後，則有露天電影可以看。拉得高高的白布幕橫跨過半條街，我們從家裡抱張小板凳趕去，占成一整排看愛國電影。口袋有點零錢就買個冰糖葫蘆，在嘴裡咔啦咔啦咬得很過癮。

這樣的夏夜晚風，我在歐洲享受過幾次。每到夏日，歐洲公園裡總是有音樂會，人們鋪張簡單的毯子，弄點吃食，舒舒服服躺在草地上聽音樂，度過悠閒晚上，那才是好好生活。

大安森林公園這幾年也有很多夏夜活動，從流浪音樂節、優人神鼓、民歌演唱、現代芭蕾劇場，到夏夜爵士音樂會，全部都是免費的。

別浪費夏夜，帶條小毯子、準備啤酒、滷味，黃昏時就到公園遛達，然後在草地上找個好位子，躺著聽歌吹風，最好能像孩子一樣，躺著躺著就睡著了，做個好夢。

07|13

大安森林公園／地點：台北市大安區新生南路以東、信義路三段以南 TEL：02-2303-2451、02-2700-3830

07|14

三腳渡有個國寶，阿正師，從十八歲跟著父親一起做龍舟到現在，已經完成超過一百五十艘龍舟。

台北市三腳渡龍舟文化發展協會／地址：台北市士林區華齡街八十六號 TEL：02-2881-7464

14 三腳渡——老漁人守護的渡口

基隆河劍潭抽水站附近，有個小小的渡口，老漁人們用漫長一生見證淡水河的變化。這裡不像大稻埕有那麼多繁華故事，三腳渡的漁夫只有小舢板，沿河抓些魚、蜆仔，安安分分養活一家人。河水汙染後，魚死了、蜆仔沒了，喜愛骯髒環境的紅蟲來了，漁夫們改捕紅蟲；河水越來越臭，連紅蟲也沒了。

結果，神明來了。人人瘋大家樂的年代，入迷者刻神像祭拜，錢賠光，就怒把神明丟入河中。老漁夫捕不到魚，卻捕到一大堆神明雕像。老漁夫虔誠，把神明撈上岸，把壞掉的地方修好，在祭祀土地公的天德宮好好供奉。神明越來越多，土地公廟放不下，只好擴建，沒想到小廟成違建，漁夫們就改造廟宇，加上支架，只要公務單位想來拆除，他們就把廟宇扛著跑。扛累了，就把廟裝上輪子推著跑！

最後老漁夫跟公務單位達成共識，只要在颱風期間不影響安全，就讓神明好好住下去。小廟進行最後一次改造，只要大水一來，按下按鈕，平台上的廟宇就可以升高兩米，不再淹水。

神明廟安穩，老漁夫也退休了，天天在附近泡茶聊天，講起當年在河上的風光事蹟，不只捕魚撈神明，還救過很多跳河自殺的人呢！老人們爽朗笑談從前，神明安心住在廟裡，一個平靜美好的小渡口。

開放時間：每日早上八點到下午五點，需購票入園。（休園中）
內洞森林遊樂區／地址：新北市烏來區信賢里　TEL：02-2661-7358

JUL 15

烏來內洞——在水光中飛舞的垂枝馬尾杉

夏天也適合往山裡走，暑氣都被擋在森林外。特別是有瀑布的山林，水花飛濺、植物吐出芬多精，空氣裡都是清涼。

烏來內洞有南勢溪、內洞溪流過，加上山區的高低落差，於是有很漂亮的瀑布，內洞瀑布。往瀑布走的路上，有各種熱帶植物遮蔭，讓綠有不同層次。最頂光照的地方，是大樹，楠樹、樟樹、榕樹讓人得瞇著眼抬頭望；中段夾雜的有六十五種蕨類，包括稀有的優雅垂枝馬尾杉；到底則是水潭不見底的一汪綠。

除了水氣，這裡還有香氣。野薑花在水邊綻放，開著細細白花的山香圓，聞著像桂花，卻比桂花更濃郁。

熱到浮躁，就去內洞走走吧，讓自己浸在這一汪綠裡。

九芎根親水公園／地址：新北市坪林區里九芎根五號之一 TEL：02-2665-7251

16 金瓜寮溪——驕傲的台灣藍鵲與溪邊老人

有年春天，我在寫淡水河的故事，一有空就開車往河流上遊走。有時候是計畫好的路線，更多是毫無目的亂晃、亂看。

意外的旅程最美麗。第一次見到美麗的台灣藍鵲，就是因為在金瓜寮溪迷路。這條溪是從北勢溪的分支，最後匯入淡水河。

路過坪林小鎮後，我沿著金瓜寮溪往上走，路越來越窄，水越來越清澈，蜿蜒過茶香生態園區，最後卻走岔了，停在路盡頭的一棟小屋前。我下車探查，小路中間卻有隻台灣藍鵲在散步。鮮豔的深藍色身體，拖著長長尾巴，就這麼橫過小路。藍鵲看了我一眼，瞬間飛走。這是我見過最高貴的鳥。

還沒回神，小屋老人出來招呼，原來我已經到了九芎根，金瓜寮溪的上游。小屋老人的家族世居溪邊，他很年輕就到台北闖蕩，老了決定回到溪邊，卻發現環境變了。過度捕撈與毒魚，從小看見的苦花魚幾乎消失。在這裡長大的兒時玩伴共同組起護漁隊，抓電魚毒魚的人，封溪時間更是連垂釣、捕魚都不行。終於，苦花魚再度出現在金瓜寮溪。

過了幾週，紀錄片拍攝小組回到溪邊取景，果然看見苦花優遊，陽光照在銀白色的魚身上，無比美麗，連溪邊的蕨類也飽含水珠。這是一條發光的溪流。

JUL 17 碧潭風景區——潭深水綠白天鵝

小時候每到清明，我們就全家族出動，到碧潭旁的空軍公墓掃墓，爺爺早逝，隨部隊到台灣沒幾年就走了，長眠於此。因為從沒見過爺爺，掃墓對我們來說，少了感傷，多了刺激，想到要走過搖搖晃晃的碧潭吊橋，就忍不住害怕。真的走到吊橋前，不能丟臉啊，雖然是小跑步，臉上卻絕對不能驚慌。

別小看碧潭吊橋，它在日治時期可是台灣八景，旁邊削平的山，還被稱作小赤壁。吊橋會老、會壞，人們為了整修吊橋爭論不休，後來才被收為市定古蹟，原樣整修。

橋是維持了原樣，碧潭卻不一樣了。小時候，潭邊有船，情人約會最浪漫就是到碧潭划船，在保守的年代，故意把小船飄遠，偷偷在臉上親一下，就是最大尺度。

如今，小船沒了，剩下天鵝船；開朗的天際線也沒了，高架道路擦邊切過。碧潭變醜了。

但人總會找到方法好好活下去。天際線被破壞，那就改變河岸景觀，簡陋的河岸鋪成寬闊坦途，間或點綴花壇。無論左岸右岸，都開了景觀餐廳，熱炒、三明治都有。只要不抬頭看半空劃過的高架橋，還是挺有幸福感的。

07|17
以前到碧潭，得轉客運，現在捷運新店線的終點就是碧潭，出站就到岸邊。
碧潭吊橋／地點：新北市新店區碧潭風景區內 TEL：02-2911-2281

07|18
官方網站 http://1094hot.com.tw/ 每週日公休。
手串本鋪／地點：台北市大安區仁愛路四段八巷二十號 TEL：02-2705-2892

18 手串本鋪——難忘的剝皮辣椒肉串

不能躲到海裡山裡，森林公園又沒有音樂可以聽，那就到串燒店喝酒吃肉吧！好的串燒店應該要有一種歡樂氛圍，路過都感染快樂。

第一次經過手串本鋪是深夜蹓小狗，狗當然往有香氣的地方鑽，就這麼鑽到手串本鋪門口。已經過十二點，鋪子早該打烊，卻仍在招呼熟客。喝得滿臉通紅的中年大叔坐在店門口抽菸，見到小狗高興得很，把手上的肉串賞給狗吃。

門口笑聲太歡樂，連廚師都出來看，竟然還招呼我們進店裡吃：「反正要打烊了，小狗也一起進來沒關係啦！」我們笑著回絕，漆黑巷子的路燈下，每個人都爽朗笑著。

後來我正式找了個晚餐時間去吃飯，店裡還是一樣歡鬧，每份肉串都滋味濃厚，醬汁混著肥油閃閃發光。

烤物從一夜乾到鮮魚都有，烤雞翅也費心地整理好，只剩兩節小骨，皮酥肉香。更讓我驚豔的是剝皮辣椒肉串，微辣中更多的滋味是微微的焦糖味，才吃一口，我馬上又點了兩串。

也有炸物，從蘆筍到紅魽都能炸。不過菜單上最特別的是當日現殺的雞肉生魚片，日本挺普遍，台灣卻比較難吃到。肉啊酒的都吃了之後，最後再來份淋上黑糖醬跟豆粉的烤麻糬，啊！又是一個美好的夜晚！

JUL 19

築地市場——擅長海鮮的居酒屋

永康街中段有很多居酒屋，有對著小巷子敞開的串燒店，門口隨意擺幾張靠牆小桌，看起來便宜，豪爽吃一餐下來，可不便宜。也有必須拉開推門的居酒屋，這些店往往一位難求，門口擺兩張板凳，就像在日本一樣，得乖乖排隊。

居酒屋中最有名氣的就是築地市場。名字很豪氣地強調魚鮮。築地市場自然也很難有位子，不到十坪的店，位子僅有一樓吧台、二樓小桌。到居酒屋，最好的位子就是吧台，先點些小食，剩下的就看吧台前的兩台冷藏櫃裡有什麼好料，或者請師父推薦，包準吃到最好的。當然，荷包也得夠力些。

從生魚片吃起，一路吃到洋蔥番茄沙拉、醬煮小鮑魚、和風炸雞，中間點一份烤魚，來一份山藥水雲醋，偶爾能吃到烤日本小辣椒，最後點份明太子洋芋填肚子，白天的不爽快，在拍拍肚子的瞬間都煙消雲散了，如果還不消氣，就點一壺清酒吧，又飽又醉，人生哪還有什麼煩惱！

07|19

築地市場居酒屋／地址：台北市大安區永康街三十四之四號 TEL：02-2396-8088

07|20

田園台菜海鮮非常熱門，一定要訂位。訂位電話：02-2701-4641。

田園台菜海鮮／地址：台北市大安區東豐街二號

20 田園台菜海鮮——美食家的私房愛店

日式居酒屋雖然熱門，我們台菜也不輸人啊！夏天吃個台菜熱炒，啤酒灌下去，杯子往桌子上一蹬，豪氣得咧！

東豐街二號的田園台菜，外觀毫不起眼，小黑板擺在路邊，寫著今日海鮮，小門旁是個小窗戶，透過小窗就能看到第二代老闆小倩帶著棒球帽，大火快炒，三兩下就是一盤菜。

穿過廚房旁的小走道進到裡面，鬧聲喧嘩，熱鬧得不得了！不要小看田園，牆上掛滿美食家的推薦還不稀奇，稀奇的是光在臉書貼一張肉羹湯照片，美食家韓良憶馬上回文：「是田園？小倩？」

田園有比較高價的大菜，也有家常菜，兩人點一盤炸排骨或者炸蝦餅、一份蒜炒茼蒿、一碗肉羹湯，就是最尋常的家常美味。發薪日手頭寬裕，就來尾蒜香鮮魚，魚炸得酥香，蔥蒜醬調得又濃又香，淋在對剖的鮮魚上，我用生命保證，真的好吃到停不下筷子。田園更厲害的大菜是砂鍋魚頭、紅蟳米糕，澎湃到一上桌就讓所有人拍手叫好。

廚房噴燒的大火、小倩豪爽的笑聲、大姊們的熱情服務，讓這間又小又擠的餐廳，暖心又暖胃，是我在台北最珍惜的事物之一。

07|21
每晚六點營業到凌晨十二點。每一、四、日公休。
烤爽／地址：台北市信義區基隆路二段三十九巷八弄十號

07|22
蛙大三間店，松江店在辦公大樓林立的市中心，不時有攝影展，角落還有沙發區可以窩著；八里店兩層樓，門前就是河岸單車引道跟淡水河；
永樂店在大稻埕老屋子裡，紅磚牆紅磚地，不熱血，很典雅。
蛙咖啡 FrogCafe 永樂店／地址：台北市大同區迪化街一段十三號 TEL：02-2506-1716

JUL 21

烤爽——屬於我的深夜食堂

每個人都有一間屬於自己的深夜食堂。我的食堂是間小小的烤肉店，本來在美國在台協會後面的巷子，小店也開了十年，後來被大安區居民投訴油煙、噪音太大，就搬到通化夜市旁的巷子裡。

很多人第一次到小店，是被香味吸引，後來除了想吃烤肉，更是想念烤肉大姊，時不時要來照看一下。大姊直爽、嗓門大，每天在小店外烤肉，遠遠看到你來了，就大聲喊：「怎麼這麼久沒來？吃什麼？」想吃的一大堆啊！大姊烤的豆干，外韌內軟，又香又辣；烤雞翅猛滴油，皮微微地焦了；烤甜不辣烤得膨皮；烤雞屁股連骨頭都是酥的。

現吃的點好，不忘喊一聲：「兩根糯米腸外帶喔！」大姊烤的糯米腸，放冷了更好吃，一定要帶兩條回家當早餐！小店裡最近又加賣金桔檸檬茶，大姊得意地說：「我朋友做的，賣二十五年了！」

這不是一間什麼了不起的店，屋簷往外搭，就打桌子做生意了。剛值完勤務的警察、休息下班的計程車司機最喜歡來這裡，沒拘束、隨意坐、隨意聊。

這樣一家深夜食堂，是應酬後卸了妝、換上破T恤舊拖鞋，趴搭趴搭就晃過去的店，大姊對我們的白天一無所知，卻又用烤肉跟笑聲，安頓了每一個人。

22 蛙咖啡——姊喝的不是咖啡，是熱血

既然是夏天，就來介紹幾家熱血咖啡館吧！

每次到蛙咖啡我都深深覺得：「姊喝的不是咖啡，是熱血！」

我永遠記得第一次到蛙咖啡是二〇〇八年八月十八日，中午。那天，是奧運棒球比賽，中華對戰韓國，我出門時，中華隊已經落後八分，我灰心喪志地關掉電視，決定出門算了！才剛出門，同事們就打電話來狂吼：「追平了！快來！我們在蛙咖啡！」我二話不說，馬上衝到蛙咖啡！那場比賽我們以八比九落敗，但彭政閔驚天一撲，讓我從此成為死忠的棒球迷。

會在店裡播棒球的老闆蛙大，本身當然是熱血咖！他在廣告上班，卻一直想要一間有Fu的咖啡館，想著想著，他索性手起刀落開了。就像他店裡名言：「人生沒有夢想那很不像樣；夢想沒去實現那還不一樣！」

蛙咖啡在松江店弄了第一個單車停車場、搞了些展覽，闖出名號後，又開了大稻埕永樂店、八里店。原來夢想可以燒這麼久，這麼遠！也太強大！

感覺弱弱的時候，就去蛙咖啡晃晃，保證熱血！

JUL 23

臺一牛奶大王——到臺一吃冰吧

白天熱死了又不能喝酒，那就來「臺一牛奶大王」吃冰吧！

二十年了，臺一跟我第一次去的時候一樣，都沒改變，牆上用紙寫著品名、一樓的復古圓拱門、騎樓下打的幾張小桌子與板凳，還有那一大碗一大碗冰啊湯圓的，只不過當年我才大一，如今都變大嬸了。

我們這樣從外地來的小孩，夏天最喜歡吃刨冰，而且不要永康街公館那種華麗的芒果冰，而是要傳統的紅豆牛奶冰，紅豆滿到一直往下滑，光看就快樂死了！

找了很久的紅豆牛奶冰，最後找到臺一牛奶大王。一開始我老是叫成「臺一冰果室」，總被糾正，沒辦法啊！在我們新竹，賣冰的地方就叫冰果室，後來我才知道臺一是賣水果牛奶起家，沒想到後來刨冰與湯圓超越了果汁。

冬天更要去臺一吃熱湯圓，這裡的湯圓還被票選為「人氣老店第一名」，鹹湯圓餡料是先炒好才包，個頭好大；酒釀芝麻湯圓完全是寧波作法，跟我童年的滋味好像。小時候只要天冷，奶奶一定會在睡前用自己做的酒釀，煮一鍋熱呼呼的芝麻湯圓，我們在餐桌上說說笑笑，吃得又暖又飽才上床睡覺。

一家小小冰果室，有紅豆牛奶冰、酒釀湯圓，與暖暖甜甜的鄉愁。

07|23

早上十點營業至凌晨十二點，加碼：臺一的紅豆湯是特別熬煮，收乾後再用糖水煮一次，香甜綿膩，也是招牌。

臺一牛乳大王／地址：台北市大安區新生南路三段八十二號

07|24

Häagen-Dazs 旗艦店／地址：台北市大安區敦化南路一段一七三號　TEL：02-2776-9553

24 敦化南路 Häagen-Dazs——夏天的小確幸

很多人討厭「小確幸」這個詞，特別是年輕人這麼說，總是會被老人罵：「沉溺在小幸福，難怪沒有大格局！」

聽到臭老傢伙們這樣罵，我都很想頂嘴：「誰的生活不苦不累？我們也是拚命地在工作，偶爾遇到挫折，想要點小確幸，有什麼不對？」

Häagen-Dazs 就是我的小確幸。特別是夏威夷豆口味，豆香冰甜，焦躁的夏天，這一小盒冰卻可以為我解憂，借一句曹操說的：「何以解憂，唯有哈根啊！」

敦化南路旗艦店則是我的急診室！在林蔭道旁的旗艦店，外牆是鮮豔的紅色，窗邊沙發則是粉紅色跟深紅色，窗外是敦化南路大樹；菜單上冰淇淋的名稱與照片更是讓人眼花撩亂，「花之戀」有六球冰淇淋，還點綴了青蘋果、草莓；「愛情海之舟」有焦糖香蕉、巧克力冰淇淋，還有像飛帆一樣的脆餅……

不要再罵人追求小確幸了，沒有小確幸來安撫人們的焦慮，日子怎麼過？

JUL 25 FikaFika——一起喝杯咖啡吧

Fika，瑞典語，意思是一起喝杯咖啡吧！

「找一天喝咖啡！」我們總是隨口跟朋友亂約，真正能成行的少之又少，也不知道在瞎忙什麼。FikaFika，念起來好明亮，意思也很可愛，彷彿在催促快約快約啊！

這間爽朗的咖啡館在伊通公園旁，窗戶正對著公園，一抬頭，樟樹正跟著風搖頭晃腦。把眼光移回咖啡館裡，特意加大、開放的工作區域，不只讓空間少了壓力，也讓咖啡師父能好好地煮咖啡。

FikaFika 老闆陳志煌則是店內的熱血代表，他從一九九〇年就投入生豆買賣，默默烘焙了十四年，二〇一三年成為北歐盃咖啡烘焙冠軍，這個比賽是全世界歷史最久的烘焙比賽，冠軍一直是挪威人，這回卻被他給搶了過來。

也許是因為咖啡太好、空間太舒服，老是遇不上的朋友，竟然會在這裡不期而遇；有天下午，我光是在同一個位子上，就遇到三個不同領域的朋友。哈！果真是有魔力啊！FikaFika！

07|25
來 FikaFika 喝咖啡，首選當然是老闆精挑的精品黑咖啡。
Fika Fika Cafe ／地址：台北市中山區伊通街三十三號 電話：02-2507-0633

07|26
Cafe515／地址：台北市大安區永康街七十五巷二十二號 TEL：02-2394-4606

26 515——偷吃蛋糕的貓

還有什麼比玩貓咪更讓人融化。永康街七十五巷裡的「515」，養了兩隻幼幼橘貓。親人的是橘子，愛對著鏡子喵喵叫的是柚子，柚子總是看著橘子跳到客人身上，卻怎麼也不肯跟人親近。

有時候真的搞不清楚515的主角是咖啡？蛋糕？還是貓咪？

其實515的咖啡好喝，偶爾遇到下午做蛋糕，滿屋子都是蛋糕香味。然而，貓才是王，蛋糕一上桌，橘子就會跳到桌邊，歪頭觀察，聞一聞，咬一小口才走開。不一會兒，她又回來了，老實不客氣跳到我懷中，頭擱在手腕上，空出來的手掌正好幫她摸摸下巴。她打幾個呼嚕，睡十分鐘後，我幾乎以為要跟她天長地久了，她又跳走，跟柚子一起回水槽下的小窩睡覺了。

515還有好好喝的瑞典魚湯，人喝的，不是給貓的！睡到自然醒的下午，晃到515，點一份瑞典魚湯，配熱麵包慢慢吃，等著橘子貓爬到大腿上睡覺，打呼嚕時，她上次拋棄我的仇恨，我又都忘了。

風流小館／地址：台北市大安區金華街一六四巷五號 TEL：02-3343-3937
Take Five 五方食藏／地址：台北市大安區青田街六巷十五號 TEL：02-2395-9388
珠寶盒點心坊麗水店／地址：台北市大安區麗水街三十三巷十九之一號 TEL：02-3322-2461
珠寶盒點心坊安和店／地址：台北市大安區安和路二段二〇九巷十號 TEL：02-2739-6777

JUL
27

從風流．珠寶盒到 Take 5——青田街的美食小旅行

青田街六巷的角落有棵大樹，樹下是一間餐廳，以前叫「兔子聽音樂」，後來改名變成「Take 5」。走到金華公園旁的轉角，還有家餐廳「風流小館」，系出同門，都是由主廚 Dana 掌廚；轉頭走幾步到麗水街三十三巷，還有珠寶盒點心坊，專賣甜點麵包。三家店同一個老闆，創造了這個轉角的美食風格。

主廚是餐廳的靈魂。到風流小館吃飯，菜單是 Dana 畫的，食材也隨季節不同，牛排、龍蝦不稀奇，讓人心動的是擺盤總是像畫一樣美麗。但風流小館畢竟昂貴，不是能常去的餐廳。

「Take 5」輕鬆多了，不管是睡得晚想懶懶吃頓早午餐，還是晚上想跟朋友喝點小酒吃點小菜，這裡通通有，菜單不時更換，總是讓人驚喜，比如春天推出的「鳳梨鮮蝦沙拉」，把蝦子跟鳳梨都烤過，拌楓糖杏仁片跟烤南瓜，最後淋上檸檬油醋醬，光是這些食材就讓人流口水啊。這裡的每一道菜吃進嘴裡，都能感受到主廚滿滿的心意。

如果吃不過癮，想買甜點帶回家，那就去珠寶盒吧！珠寶盒的小蛋糕有些過甜，我吃過許多華麗款式，最後還是喜歡經典布朗峰，栗子香氣很濃，配上特製奶油，又甜又香！至於新歡 BonBon 軟糖，吃進嘴裡都是水果香氣，而且價如珠寶，小小一口就三十五元，真的是奢侈的幸福。

boîte de bijou
boîte de bijou
boîte de bijou

JUL 28

吃吃看——轉大人的起士蛋糕

小時候討厭起士蛋糕，最喜歡草莓蛋糕、巧克力蛋糕，蛋糕當然要華麗啊，呆呆黃黃的一大塊哪有什麼好吃？

上台北念大學後，發現很多人喜歡吃起士蛋糕，總覺得納悶，蛋糕沒有鮮奶油好吃嗎？

第一次到天母吃了「吃吃看」的起士蛋糕，這才知道「起士」一點也不無聊，濃如牛奶糖的蛋糕，細細分辨，卻有一絲鹹味。新竹小孩到了台北，在天母學會吃起士蛋糕，覺得自己長大了，變成台北人了。

後來我在士林找到系出同門的雅力根坊，這裡的招牌起士餅乾也很好吃。一片片酥鬆餅乾，鹹鹹甜甜，不管是下午茶或是當早餐餅乾，都很適合。如獲至寶的我，還買了好幾盒回家給媽媽吃，很得意地炫耀：「台北人都吃這個喔！」

現在回想起來，真是幼稚可笑，卻又好容易就滿足。啊，年輕真好啦！

07|28
上午九點營業至晚上九點
吃吃看／地址：台北市士林區中山北路六段七七〇號 TEL：02-2871-4678
上午八點營業至晚上十點
雅力根坊／地址：台北市士林區中山北路五段五一一號 TEL：02-2880-3147

07|29
招牌為經典法式純生鮮奶油蛋糕卷，開店兩年，依舊是排隊商品，晚來就沒得吃！
Le Ruban Pâtisserie 法朋烘焙甜點坊／地址：台北市大安區仁愛路四段三百巷二十弄十一號1樓 TEL：02-2700-3501

29 法朋——連眼淚都變甜了

再怎麼享受夏天的歡欣，也總是有疲倦低落的時候。又不是傻瓜，會天天快樂。只不過有些祕訣可以讓人早點走出谷底。那就是豪華的甜點！

有陣子很低潮，很疲倦地走進辦公室時，卻看見桌上放了一個小巧的盒子，是主跑美食的同事送我的蛋糕。我打開一看，是名店「法朋」的招牌，二十二階千層派。一層層薄餅中夾著卡士達醬，香香甜甜，我一口一口慢慢吃，心裡的苦好像也慢慢地消失。

上網研究才知道，法朋主廚李依錫，人稱「甜點界的吳寶春」，一直在五星級飯店擔任甜點主廚。他的甜點不堅持純法式，反而融合日式的細緻，讓台灣人更容易親近。他對用料則非常堅持，日本麵粉、法國奶油、屏東雞蛋……其他的頂級配料就更不用說了。法朋的蛋糕不便宜，但是值得。

又一個低潮到谷底的下午，我決定出發尋找法朋，白色小巧的蛋糕店，低調地在巷子裡，門外有幾張椅子。我點了當日推薦的「富士山」，小巧的白蛋糕，用了義大利白黴起士、日本四葉起士、綜合莓果奶餡、布列塔尼，底層則是薄薄的巧克力蛋糕。這個小東西，竟然藏了這麼多心思。我再次笑著吃完最後一口法朋蛋糕。

JUL
30-31
三峽滿月圓・大板根——轉彎小心，別撞上蝴蝶

整個月都是大海，到了尾端，好好地去森林裡玩一趟吧！三峽滿月圓、大板根，離台北一個小時的車程，卻有蝴蝶飛舞、雨林交錯的森林。

沿著大豹溪往山裡走，會先經過大板根溫泉、最後才到滿月圓。兩天一夜小旅行，我建議先往滿月圓走，回程住在大板根，放鬆一夜，隔天再逛熱帶雨林。

滿月圓保持了豐富的自然生態，長了很多蝶類的食草與蜜源植物，所以光是園區裡的蝴蝶，就有一百二十多種。在滿月圓走路要小心，可能一個拐彎，就撞上蝴蝶；再一個拐彎，又看到蜻蜓飛過去。

滿月圓步道不長，走著走著，蝴蝶、蜻蜓也跟在身邊慢慢飛。園區最近幾年更在大豹溪畔設立了蚋仔溪無障礙步道，讓老人家與身心障礙者可以靠近溪邊。

滿月圓還有瀑布。往右邊走是滿月圓瀑布；往左轉則是處女瀑布。若遇上颱風過後，水氣豐沛，遠遠就能聽到水聲嘩嘩。滿月圓瀑布旁都是楓樹，夏天賞綠葉白水，秋日則賞紅楓。滿月圓楓葉十月就轉紅了，等到十二月會燒成一片火紅。

在滿月圓走累了，就可以返回大板根溫泉度假村泡湯。大板根是台灣唯一僅存低海拔原生熱帶雨林，最特別的當然就是板根植物。生於多雨地區的板根，生存之道很巧妙，為了讓根部好好呼吸，於是努力向上長；也為了不讓土壤流失，所以攏起的板根就像一道防水牆。

除了板根植物，大板根還有六百多種植物，數千種昆蟲，像是被稱為「鳥類大飯店」的茄冬樹，每到四月，雌株結果，樹枝上就聚滿來大吃一頓的鳥兒；或者是長了很多樹洞的淋漓樹，樹幹不只會冒汗，裡面還躲了很多生物。

大板根另一個寶貝，就是溫泉，連度假村經營者都說這是極大的禮物與幸運。大板根的泉質是碳酸氫鈉泉，也是俗稱的美人湯。

這趟小小旅行，在森林裡吸飽芬多精，又泡了美人湯，把夏日的臭汗跟灰塵都洗掉，清爽愉快不輸海邊哪！

八月

夏日炎炎，大吃正夯

海邊也去了，書店也逛了，那就來逛夜市吧！台北夜市之多，之熱鬧，簡直是平地煙花，火熱燦爛。

從老鋪子寧夏夜市吃起，再逛到師大、公館，別忘了還有萬華夜市的蛇湯、青蛙湯，南機場的油飯，只可惜士林夜市不怎麼好吃了，但買買衣服還可以。

逛完夜市，還可以逛市場，南門市場、東門市場、士東市場，各有擅長。

夜市、市場之外，台北還有幾個安心美食，清粥、豬腳、蘿蔔絲餅，簡簡單單，吃了卻是飽肚子，也飽了心。

對了，這個月還有七夕，去死去死團的團員們可別忘了去霞海城隍廟拜月老，別老是嫉妒別人有愛，自己也要多努力啊！

交通：搭淡水線捷運，在雙連站下車後，步行約十分鐘。
寧夏夜市／地點：台北市大同區寧夏路（民生西路與南京西路附近）

AUG 01 寧夏夜市——老夜市的好滋味

到老夜市需要的不是指南，而是找家只單獨賣一、兩樣食物的鋪子，拉板凳，坐下點了吃就是了！一家小舖子能夠靠簡單食物賣幾十年，一定很專精。

寧夏夜市有許多老鋪是從建成圓環搬遷而來，底蘊深厚不在話下，與台北市其他夜市相較，更是少了噱頭，多了老攤。例如環記麻油雞，他的第一代是在老圓環起家，到現在已經賣了七十年。只賣麻油雞類的食物，不用旅遊指南，就知道值得吃。

若對自己沒信心不妨趁人少的時候，通常是幾近熄燈時，找家想吃的老攤，點碗湯，跟老闆或熟客搏感情、聊聊天，他也會告訴你哪家店好吃，哪家千萬別去。

至於前陣子流行「千歲宴」，在桌邊等著把夜市裡好吃的全端上桌，看起來舒適，卻少了小吃那種坐在攤子前看熱氣蒸騰的趣味，老闆快手快腳把燙食放在盤子上，端到面前，那才好吃。千歲宴的小吃端過半條街，食物的香氣邊走邊散，上桌都冷了，哪還有什麼滋味。

雖然寧夏夜市被票選為二〇一五年「最美味夜市」、「最好逛夜市」、「最有魅力夜市」、「最環保夜市」、「最友善夜市」，但這一切其實並不重要。老夜市靠的不是一時票選，而是扎實好吃的食物。

環記麻油雞／地址：台北市大同區寧夏路四十四號

02 環記麻油雞——冒大汗也要吃的麻油腰子

我用不同食物來記憶夜市。到饒河街吃胡椒餅、通化夜市吃豬雜湯……到寧夏夜市就非吃環記麻油雞不可！

環記麻油雞在舊圓環起家，我沒趕上舊圓環時代，聽說那裡的麻油雞、滷肉飯、蝦卷、紅燒肉，能想到的台灣小吃都好吃講究得不得了。沒辦法，我後來認識的圓環，已經是個悶熱的大玻璃蒸籠，完全提不起興致一逛。

幸好，我還是吃到了環記麻油雞。一九四五年創立的環記麻油雞，搬到寧夏夜市後，店還是在老厝子裡，樓梯的扶手是石製的，摸起來清涼圓滑，小時候常常到新竹的信用合作社玩耍，老大樓裡的樓梯就長這樣。

環記麻油腰子是寧夏夜市的招牌之一，夜市裡賣腰子的很多，它的卻是更香濃。坐在一樓火爐前雖然很熱，可是看老師傅用大湯杓俐落地舀腰子、配料，拋到鍋裡大火炒煮，很容易就看入迷了。

不過根據我的慘痛經驗，週一就別吃麻油腰子了，那天不殺豬，不新鮮的腰子吃了尿騷味久久不散，難吃得讓人想哭。

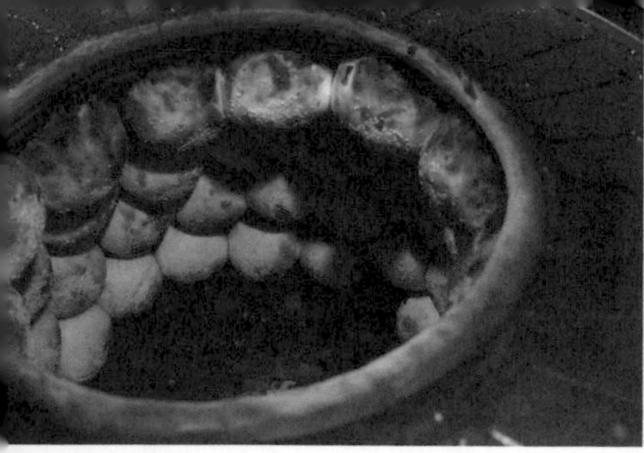

AUG 03

饒河夜市——夜市小吃大戰美食街

在松山火車站附近的饒河夜市，因為處在交通轉運處，一直都很熱鬧。日本觀光客也非常喜愛饒河夜市，在日本雅虎的文章數比萬華夜市還多，僅次士林夜市。日本人對饒河夜市的搜羅齊全，從松山捷運開通，到鄰近的五分埔攻略；從三菇麻油雞到臭豆腐、羊肉、豆花，一應俱全，當然，饒河夜市最有名的藥燉排骨決不會錯過。也因為日本人多了，這裡的按摩店也多，幾乎要變成招牌。

每個夜市都要有一、兩樣看家本領，是別處可能也有，但我這裡就是招牌。士林夜市有大餅包小餅、雙連夜市有麻油腰子、師大夜市有燈籠滷味，饒河夜市才剛踏進去，就聞到胡椒餅香味，福州世祖胡椒餅前的人潮排了好幾圈。

再往裡走，就是藥燉排骨了，這裡有三家老店，名字一個比一個霸氣，「十全」是老字號不用說，還來個「金林」，最後乾脆來家「陳董」。

不過松山火車站改裝後，商城美食街很厲害，從豬排專門的勝博殿到 Mister Donut，從星巴克到摩斯漢堡。平日舉辦流浪貓收容會，過年還有年貨大街，不用淋雨，直接在車站裡可吃可買，不知饒河夜市受多大影響？希望陳董跟福州世祖霸氣千秋，直到永遠。

08|03
「饒河」一語原來是滿語，禽獸聚集之地的意思，用來講要燉排骨挺不錯，但要講人來人往的景象就有些尷尬了。
饒河街觀光夜市／地點：台北市松山區饒河街（八德路四段慈祐宮與塔悠路間）

08|04
五分埔週一至週日天天營業，切記週一是零售店家批發日，最好別選這天去湊熱鬧。
五分埔成衣商圈／地點：台北市信義區松山火車站前，中坡北路、永吉路、松山路間的區塊。

04 五分埔——迷失在衣服堆裡的幸福

成衣店聚集的五分埔讓人瘋狂！連藝人都會到這裡掃貨，還分享心得：「雜誌拍照需要質感，得講究些；上電視圖的就是突出、漂亮，不一定要最高級的布料，但是一定要最新款、最耀眼！去五分埔就對了！」

第一次去五分埔像走進迷宮，肯定眼睛都看花了。沒關係，按圖索驥還是能找到自己想要的。一街年輕、三街店家最多、五街多賣歐美日韓成衣、七街專賣街頭風、九街十一街運動休閒風、十三街少女日系風，至於ＯＬ淑女就到十九街找香港韓國風。

雖然是這麼劃分，但誰到五分埔不是失心瘋亂鑽，過季特價，一件一百，馬上抓了往袋子裡放。哪怕貴一點要三、伍百元，也別放過，想要盡管買。我曾經在西門町精品小店買了一件一千多元的牛仔短褲，珍貴得當寶貝，哪知道五分埔到處都是，一件三百九，真是讓人捶心肝。

至於逛五分埔要吃什麼？鄰近的饒河夜市不在話下，只不過都到五分埔了，誰還顧得了吃飯！到中坡公園旁邊吃碗麵，或在巷裡抓一包雞蛋糕，速速填飽肚子，抓緊時間逛街吧！

AUG 05

公館夜市——假裝自己還年輕

公館夜市大約是士林夜市之外，我最熟悉的夜市。士林夜市因為湧進太多觀光客，已經敗壞，但公館夜市長久與附近的大學相依為命，不用依靠觀光客，老店數十年都不用改變。

公館夜市散落在汀州路、羅斯福路間，兩側跨到台電大樓站跟基隆路，好餐廳太多，各有各的愛好者。

就從捷運公館站開始吧，出了捷運，別急著吃，多逛幾圈，決定要吃麻辣鍋，有馬辣、天麻；想吃簡單一點，曼德樂泰國菜、翠薪越南餐廳都是老館子；甚至易牙居、台大麵店，都行。

想吃點小吃，就走到水源市場旁的巷子，這條路比較像傳統夜市，從烤牛肉串、炸雞排、爆漿雞腿卷、東山鴨頭、嘟嘟花造型熱狗都有，小吃多到數不完。甜點也精采，汀州路上的紅豆餅，二十年來都是個小攤子，永遠都排滿人，只賣紅豆、奶油口味；水源市場旁的泰式香蕉煎餅，口味就像在泰國海邊吃到的一樣。

光是吃，公館夜市就多到讓人眼花撩亂，更別提五步一家的體育用品店，整個公館就是年輕歡樂有活力。挑一天，穿上夾腳拖、牛仔短褲，悠悠哉哉當個偽大學生吧！反正老店沒變，我們就假裝還像當年一樣年輕吧！

08|05
翠薪越南餐廳／地址：台北市中正區羅斯福路四段二十四巷十一號 TEL：02-2368-0254

08|06
師大夜市的對面還有間永恆的水準書局，不可錯過。
師大夜市／地點：台北市大安區龍泉街週邊

06 師大夜市——敬我們遙遠的青春

每個人都用自己的方法，記憶師大夜市。

不很久以前，這裡有「地下社會」，很多搖滾樂團都是從這裡開始混江湖。那是個沒有「The Wall」、「Legacy」的年代，小小的地下社會，猶如祕密結社的基地，必須穿過藥燉土虱小吃攤，走過狹窄樓梯，才能進入那個「社會」。很多的我們從來沒吃過那攤土虱，只顧奔向地下。

不很久以前，在夜市對面有個「南村落」，是作家韓良露手把手撐起來的，南村落有個寬敞廚房跟餐廳，總是有不同主題的晚宴，從上海家宴、西班牙 Tapas 到台灣家常菜，許多藝文人士出入。雖然也有人批評南村落太中產，可是她卻為師大夜市創造出不同的風格。

消失的還有許多，但留下的也不少。燈籠滷味永遠大排長龍、沙威瑪爐火還是很餤，連轉角的當歸鴨麵線都數十年如一日地在那裡，更別提蒜頭鹹酥雞、水煎包、青蛙下蛋、可麗餅……

隨便走一趟下來，肚子還是很撐。雖然有些美好的消逝了，但每一代人都還是會有自己的夜市記憶。

08|07

臨江夜市梁記滷味／地址：台北市大安區通化街三十九巷五十弄前 TEL：02-2738-5052

08|08

油飯．雙管腸／地址：台北市文山區景美街一一五號

AUG 07

通化夜市——總統府祕書長吃的滷味

通化夜市極靠近市中心，在大安區與信義區的交會處，也是由臨江街與通化街組成的十字型夜市。正確名字是「臨江街觀光夜市」，不過台北人還是習慣稱它「通化夜市」。

通化夜市也有幾家老店。往裡走，在通化街三十九巷五十弄的轉角，就有兩家名店，梁記滷味跟胡家米粉湯。

創立梁記滷味的老闆，可是前總統府祕書長家裡的大廚，這攤滷味人稱「通化街第一味」，站在攤子邊看大廚切滷味，都可以被他的節奏帶動，莫名地開心起來。

胡家米粉湯則是民國五十六年創立，比梁記還久，招牌上大剌剌寫著：「專營豬內臟」，外國朋友可能嚇得倒退好幾步，但我就愛豬內臟濃濃的香味啊！

想吃甜點，不妨買碗「愛玉之夢遊仙草」，光聽名字就好歡樂，吃起來真的很甜蜜。

通化夜市唯一不推薦的，便是靠近基隆路上成排的「寵物專賣店」，寵物買賣，只會傷害無辜的母狗。請以領養，代替購買。

08 景美夜市——餵飽廣大的小市民

台灣夜市之多，觀光夜市固然聚集了人潮，但更多時候，是這些夜市餵飽了廣大的上班族。

住在景美時，不想煮飯，就穿著拖鞋晃到景美夜市，有時候懶得走，在夜市口的景美手工紅麵線就失守，十分鐘吃完一碗，再去對面買份炸雞排，要剪小辣胡椒多一點，帶回家配電視正好！有閑情逸致，就往裡面慢慢逛，到巷子內吃米粉湯；或者在鵝媽媽叫碗切仔麵，點些黑白切，唏哩呼嚕爽爽吃飽；再不，就去「油飯・雙管腸」，點份油飯淋上辣醬，再點一份雙管腸（小腸包小腸，真奇妙），一下就飽了。

如果想吃點熱炒，就往夜市尾巴走，海鮮攤隨便點，價錢划算，再加瓶啤酒，跟朋友大聲喧嘩，那才是我們台灣味！

有許多人心頭好的，是微笑碳烤、鄭家碳烤、景美生煎包……但讓我忍不住下手的，卻是麻油雞，大鍋滾著，麻油米酒香瀰漫在空中，簡直就是引誘犯罪啦！怕太上火，對面就是冰店，各色配料排成一格一格，甜膩芋頭、彩色ＱＱ、黏膩鳳梨醬、仙草粉圓芋圓地瓜圓……真想每樣都來一點，弄一大盤剉冰帶回家消暑！

很多夜市為迎合觀光客，失去樸質的味道，一家比一家花俏。但夜市的存在，不是為了觀光客，而是為了用低廉的價錢，創造好吃的食物，餵飽廣大的小市民啊！

AUG 09

南機場——躲在迴旋梯的露西

如果不提，很多人都無法想像現在敗落的南機場，在民國五〇年代是模範國宅，連外賓來訪，都要帶來炫耀一番。

南機場是台灣在時代變遷下的一道疤痕。南機場在日治時期屬於馬場町，也是日軍練兵場的一部分，後來改為機場，為了與松山機場區別，於是被稱為「南機場」。國民政府來了後，這一大片空地成為眷村，戰亂遷徙到台灣的軍人與眷屬，在這裡落腳。

一九六四年，首批國宅落成，行政院長嚴家淦特地來剪綵。一波又一波的參觀人潮，都想來瞧瞧這新式建築。老里長還記得參觀行程中還包括使用沖水馬桶，那是南機場最風光的時候。

台北拚了命向前衝，南機場卻停留在國宅落成那一年，不再往前。台北的高樓拔天而起，新的國宅也都二十層樓了，南機場還是那麼低低矮矮，甚至被形容成天龍國的貧民窟。

南機場只剩下夜市跟電影導演。盧貝松來台灣拍《露西》，就讓史嘉莉・喬韓森躲在這裡；陳玉勳《海馬洗頭》裡那詭異得可以洗去記憶的美容院，也在南機場裡。

如果在深夜爬上南機場的迴旋梯，穿過長長、老舊的走廊，能不能真的找到那間美容院，把痛苦的回憶洗乾淨？

08|09
南機場都更議題複雜，至今無法達成協議重建。

08|10
南機場附近沒有捷運站，從西門町就有多班公車可以轉乘。
南機場夜市／地點：台北市萬華區中華路二段三〇七巷至三一五巷間

10 南機場夜市——從早到晚吃不停

南機場的建築雖然破敗，但豐富的小吃文化卻讓它成為許多老台北的心頭好。更重要的是，這裡的餐點讓人從早吃到晚，也屬於好吃到撐死吐死的惡魔等級。

五點半就開始賣的古早味油飯、虱目魚羹湯，為一天拉開序幕；下午有汕頭麵、肉粥、豆漿店，還有只賣兩小時就收攤的神祕肉圓。至於水餃街上的大比拼更殘酷，秀昌水餃永遠都是人，唉，叫別人怎麼活！

晚上可熱鬧了，燈光一照，南機場閃亮亮，蚵嗲切開來裡面滿滿餡料，因為費工，夜市已經越來越難找到蚵嗲，不只如此，還有炸芹菜、炸韭菜，吃來爽口清香！傳說中南機場必吃的阿男麻油雞，雖然熱天不適合，但冬天吃了暖心暖身！還有一大鍋的甜不辣、排長長隊伍的雞蛋糕（咦？）、沙威瑪、炸雞、臭豆腐……只恨自己胃太小！吃飽後，別忘了來杯南機場果汁，不加糖就香香甜甜，絕對是最完美的句點！

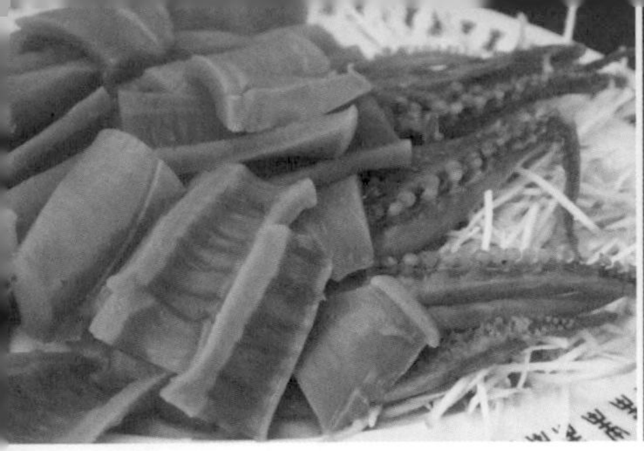

從板南線龍山寺站下車，走十分鐘就到了。多走點路，餓一點，才吃得多。
兩喜號魷魚羹／地址：台北市萬華區西園路一段一九四號 TEL：02-2336-1129

AUG 11 萬華夜市——連攤吃到爆炸吧

第一次去萬華夜市玩，是住萬華的阿姨領路。那一年我才十歲，一大群人看到什麼好玩好吃就往嘴裡塞，還沒走到中段，小我三歲的表弟，突然「噗」一聲，吐了！吐了他還繼續吃！也許因為表弟的表情太猙獰，我對萬華夜市的驚恐印象從來都不是蛇店，而是「吃到吐」。

萬華夜市其實是華西街夜市、廣州街夜市、西昌街夜市組合成的，好大一片。最有名的是華西街夜市，有閃亮牌樓，牌樓裡有高級的台南擔仔麵、刺激的鬥蛇，還能吃鱉呢！吃蛇也不是多了不得的事，鄉下外婆家抓到大蛇，外婆三兩下剝皮煮湯，好喝死了！越南還有蛇村，炸蛇皮酥脆像鹹酥雞、蛇羹普普，比較嚇人的是紅通通的心臟，裝在小酒杯裡還噗通噗通跳哩！

但我還是覺得萬華夜市的驚悚大勝越南！街邊小攤還有「不剝皮青蛙湯」！也不是沒吃過田雞，可是這樣整隻擺在攤子上，真的挺嚇人。端上桌的時候，甚至還看得到眼睛，我真的無法下手啦！

遜咖如我，只能吃點兩喜魷魚羹、香菇豬腳、東石蚵仔煎、一心鵝肉、北港米糕糜，最後再來一袋懷舊的「懷念愛玉冰」，啊，光是這樣我也飽到要吐了！

龍山寺為實踐環保，將兩百多年的燒香傳統改了。最早有十一爐，每爐三柱香，一人拜完就燒了三十三柱香；後改為七爐，一爐一柱香；二〇一五年後改為三爐共三柱香，只拜天公爐、媽祖爐、觀音爐。

萬華龍山寺／地址：台北市萬華區廣州街二一一號 TEL：02-2302-5162

12 萬華龍山寺——拈花笑口開

春日龍山寺／拈花笑口開／欲知觀自在／須識鏡非臺

台北第一名剎龍山寺裡，題了這首詩，春日裡香客如織。然而細細了解龍山寺的歷史後，就知道如今的一切，開始於瘴癘之地，一段艱辛的過去。

龍山寺建於清乾隆三年，西元一七三七年。當時，北台灣充滿瘴癘之氣，渡海來台討生活的人，流傳著「三在六亡一回頭」，十個人裡面，只有三人可以在台灣活下來。

先民恐懼，從福建晉安迎來觀世音菩薩恭奉。龍山寺就這麼一點一滴建起，後來更成為艋舺的中心，不只泉漳械鬥時以這裡為指揮中心，連中法戰爭時，都以龍山寺的官印行文給官署，義勇軍協助打退法國。

來龍山寺，除了燒香祈福，更要細細地看。在廟埕揚頭看雙龍護珠的剪黏；入寺泥牆塑了番人吹法螺的形象；進得殿內，抬頭不見神明，卻見工匠巧手，中殿的藻井有三十二組斗栱支撐，架構成輪迴形象，象徵人生輪迴；三川殿的藻井，則有八層斗栱，層層疊疊如蜘蛛網。

龍山寺的觀音一百籤更是居台灣求籤詩的首位，有二十個櫃檯幫忙解籤。初到台北，別忘了到龍山寺燒香求籤，請神佛庇佑。

08|13
青草巷每週日公休，週一進貨，當天的青草是最新鮮的。
青草巷／地點：台北市萬華區西昌街二二四巷

08|14
士林生炒羊肉／地址：台北市士林區大東路二十一之三號 TEL：02-8861-3476

AUG 13

青草巷——赤腳仙仔的百年祕方

龍山寺安撫心靈，青草巷安頓身體。在瀰漫瘴癘之氣的年代，求醫是奢侈的，在廟裡求符燒香後，到寺廟旁的巷子找赤腳仙仔，他們不是醫生，卻憑著草藥知識，為人們抓藥治療。龍山寺旁的青草巷就慢慢形成。

當時萬華是極盛的，除了草藥行，還有木業、茶葉、布行，一百年後，其他行鋪都走了，只剩青草鋪留著，台北人早已習慣到這裡買草藥，新的青草行還不停搬來。

如今的青草巷，巷口仍有賣香燭、水果的小販，走進巷子裡，草香撲鼻。傳承好幾代的草藥鋪都有祕方，那是老店的驕傲。

炎炎夏日，到青草巷配些涼茶，絕對好過猛灌汽水啊！

14 士林夜市——深夜巷子裡的炒羊肉

介紹了這麼多夜市，不寫士林夜市是說不過去的。作為文化大學的學生，在士林夜市混吃四年，夜市摸得熟透透。晚餐的超平價火鍋、點心吃大餅包小餅、寒流來了得喝藥燉排骨、偶爾想吃甜的可以來串甘仔蜜糖葫蘆。

可是我卻對士林夜市有著深深的失落。我曾經可以在迷宮般的夜市，精準地找到某一攤生炒花枝，知道要靠裡面的大餅包小餅才好吃。可是自從全面規格化、地下化之後，去過幾回，被大量觀光客養壞的夜市，本來應該美味的小吃，雖然掛著老招牌，但味道全走光。觀光客固然只來一次，難道不該更用心款待嗎？

唯一不變的是心愛的大東路，路中間還是違規擺著數不清的攤販，用行李箱裝首飾的閃亮小攤、馬上可以推著跑的一整竿當季便宜洋裝、擺在包袱巾上的牛仔褲T恤。警察一來，轟，人全部跑光；警察一走，轟，人都回來了。

逛夜市就是該這麼隨興啊，規範得端端正正，就不叫夜市了。

我更懷念的，是那家守在陰暗巷子尾，賣炒羊肉的小攤子，它總是半夜十二點才出來擺攤，賣到清晨，讓我們從舞廳出來後，可以吃個飽。不知道是否還守在那裡，餵食玩到天亮的小屁孩？

AUG 15 南門市場——鄉愁的滋味

除了夜市，台北的市場也好吃好玩。其中最有名的該是南門市場了。

南門市場在一九〇七年就有了，不斷擴建後，一度改名千歲市場，是當時台北最大、貨色最齊全的市場；一九四九年後，改名為南門市場。一九八二年擴建成三層樓的大市場，總共有兩千兩百五十二坪，兩百七十個攤位。南門市場以南北貨著稱，每到過年就擠滿了人，除夕前一天，要擠進去都困難。

對我來說，南門市場不只是菜市場，更充滿奶奶的鄉愁。

奶奶在一九四九年前夕跟著空軍丈夫從上海來到台灣，上船前，她跟妹妹說：「我明年回來看你。」哪知道這一隔就是五十年，再次相見，兩姊妹已經從少婦變成老太太。

小時候，我常常跟奶奶一起上南門市場買菜。奶奶總是在一樓的常興南北貨買幾包臭豆腐、鹹鴨蛋、豆腐乳；然後到地下室買幾塊金華火腿、家鄉肉；再拐去青菜攤翻翻撿撿，挑幾把像花一樣的塔菇菜、薺菜、毛豆；最後，再到合興糕糰店買兩盒我最喜歡的桂花糕。小小買菜車塞得滿滿，那是我童年的味道，也是奶奶在上海吃慣的菜。

台灣是由複雜歷史交錯而成，逛菜市場，也有很多故事可說。

08|15

成書之際，又傳來南門市場被鑑定為海砂屋，必須改建，目前改建時程未定。不知道這個大菜市場何時才能安定下來。

南門市場 / 地址：台北市中正區羅斯福路一段八號 TEL：02-2321-8069

08|16

士東市場 / 地址：台北市士林區士東路一〇〇號

16 士東市場——貴婦的菜市場

到士東市場買菜真是讓人痛並快樂著啊，菜色好得讓我開心得不得了，價錢又貴得讓我心疼得不得了。

天母早期是外國人居住的區域，也是台北所得相對高的區域，生活品質很好，物價當然也比較高。當冷氣還是奢侈品時，士東市場就有冷氣。

士東市場的一樓是生鮮菜市，各式貨色真的齊全，品質也高，魚貨不只新鮮，還有從日本來的鱈場蟹、大扇貝；蔬菜攤也好，不只本土的蔬菜好，做西式菜色的蔬菜也齊全，難買又高價的孢子甘藍都有賣；水果也好，連科技界的大老闆們都買來當禮盒。至於其他菜色，歎，連賣豆腐的，看起來都好高級啊！

市場的二樓是美食街，有熱炒、韓式料理、家常便當等，但是最熱門的則是米粉湯，別小看這米粉湯，還沒過中午，油豆腐、生腸就賣完了。只能祈禱輪到自己的時候，粉腸可別賣光了。

吃飽了，買累了，還有咖啡小鋪現煮的咖啡，味道毫不含糊。臨走前，別忘了帶盒水餃、買包現做的甜不辣，到四行倉庫挑包米。

以我做菜二十年的經驗拍胸脯保證，這裡的菜，貴得很值得！

AUG 17

微風超市——最接近貴婦的時刻

台北市有幾家所謂「貴婦超市」，分別是微風百貨的微風超市、太平洋崇光SOGO百貨的City'super、一〇一百貨的Jasons Market Place。

微風超市在二〇〇一年開幕，是台灣第一家，也是品質最好的精品超市。當年的微風讓人眼界大開，光是奶油，就有法國AOC產區認定的Isigny、Echire奶油，日本的小岩井奶油；礦泉水從義大利、西班牙到法國都有，不只貴婦愛逛，很多愛做菜、愛嘗鮮的人，也常常到微風報到。

走日系細膩服務的微風超市，熟食櫃、起士肉品櫃都可以試吃，價格雖然貴了些，卻讓購物的人可以更明確地買到想吃的食物。二〇〇七年甚至引進法國Maison Kayser的頂級麵包，帶領一波頂級麵包風潮。

稿費入帳時，我就會去逛微風超市。奢華地挑一罐玫瑰鹽，回家沾牛排；晃去熟食區帶一份青醬醃番茄小黃瓜。超市逛完，到麵包區買幾個橄欖麵包，採購行程大致結束了。接著多少都覺得餓了、累了，就到Trine & Zen吃些輕食，放鬆一下。

這大約就是我最接近貴婦的時刻了。

08|17
Breeze Super 微風超市／地址：台北市松山區復興南路一段三十九號 TEL：02-6600-8888

08|18
基本上，一樓生鮮從早上五點到晚上八點；二樓美食街從早上六點到晚上十一點，但每個店家都有各自的營業時間，最好再個別查詢，別撲了個空。
西湖市場／地址：台北市內湖區內湖路一段二八三之五號（捷運西湖站一號出口旁）

18 西湖市場——出站就是菜市場

下班後可以好好在家吃飯，是很多人的心願，可是光買菜這一關就被打趴。超市雖然方便，但想到開了一整天的會，下班後還得繞道買菜，還得提回家，還沒下廚，已經累掉半條命。

如果捷運站就有菜市場，那該多好？

西湖市場就做到了。這座菜市場是台灣第一座捷運共構菜市場，聽起來真的超酷！逛起來也超酷啊！一、二樓超過一百攤的生鮮、熟食，讓人眼睛都花了！雖然逛傳統市場有種風情、趣味，但這樣光潔明亮的新超市，真的很舒服。

一樓是生鮮市場，想要買點排骨，甚至加菜煎個牛排、羊肩排，可以到附有冷藏櫃的建徽肉品；想吃雞肉，有福德咕咕雞專賣店，全是天然野放的玉米土雞，用甘蔗頭燻烤後，真空包保存；想吃丸子，就到丸子達人，每天現場現做；想在冰箱裡囤點水餃，跩媽咪手工水餃也是現包現做。其他青菜豆腐、水果甜點，應有盡有。

如果不想煮，就上二樓吃個飽。西湖小立吞可搶手了，阿緯師傅曾經在晶華酒店跟上引水產工作；咖哩嚕哆有咖哩飯、咖哩麵，甚至還有野菜咖哩粥。

無論如何都要好好吃飯，好好吃飽了，這一天的努力才算值得！

東門

19 東門市場——一個上午兩萬五

東門市場雖然在「天龍國中的天龍國」，卻是很家常的市場。它不像士東市場有天母撐場面，南門市場有外省菜帶來濃濃鄉愁，這裡家常，小推車上賣自己醃的雪裡紅跟大蠶豆；也有現炸的丸子、甜不辣，全是我們天天在餐桌上吃的。

當然也有名店，林青霞最愛的興記水餃，店裡就掛了林青霞的照片；舒國治小吃札記推薦的東門滷肉販，多少人拿著書找到這家小店；義芳福州魚丸店總是擠滿了人，一顆顆剛煮好的胖嘟嘟魚丸還冒著煙呢。

但我最喜歡東門市場的，還是濃濃的人情味。那是菜市場才有的，秋天在菜攤拿起最後一把帶花的油菜花，老闆娘先是尷尬笑：「你好識貨，那是要留給我兒子的……」後來又下定決心爽朗地說：「沒關係啦！你喜歡吃，就帶回去吧！」

誰說天龍國都很冷漠？天龍國只是「很貴」。某次中午逛東門市場，已近收攤，賣圍巾的老闆娘把握最後機會，招客人試穿。一邊幫客人弄圍巾，一邊抱怨：「一個上午的租金要兩萬五，不好好賣怎麼行。」兩、三坪的小空間，租金高得讓人咋舌。我二話不說，馬上買了兩條百元圍巾，我不是愛買，我是心善。

水源劇場／地址：台北市中正區羅斯福路四段九十二號10樓 TEL：02-2362-5221

AUG 20

水源市場・劇場——撲朔迷離的藍色大樓

儘管常常在公館廝混，但水源市場對我來說一直像個謎。灰灰舊舊，絲毫引不起一逛的興致。前幾年，來自以色列的藝術家重新設計牆面，水藍色的牆面，鋪上五彩色塊，可惜大樓就蓋在灰撲撲的羅斯福路天橋旁，再美的藍都被抹灰。

外表改不了的，就讓內在改變。水源市場的十樓，原本是兵役局做兵役體檢的禮堂，有六百六十坪，在文化局主導下，搖身一變成為水源小劇場。這座小劇場實驗性質很強，舞台可以從一面變成三面，最多可以有五百名觀眾，加上它就在捷運公館站旁邊，漸漸地，這個小小劇場，成為水源市場活跳跳的心臟。

我第一次踏進這棟總是被我忽略的大樓，就是為了到水源劇場看戲，圓型舞台，演員就在眼前，那齣戲叫《聖誕快樂》，萬芳導演，是關於友情與愛情的戲。

看戲前，匆匆找到市場裡有名的日本料理攤位，快速吃了定食；看戲後，又馬上鑽進水源市場旁的公館夜市，一攤吃過一攤。在路邊吃餅時，小劇場的男主角就這麼從我眼前走過，彷彿他也只是來逛夜市。

謎一樣的水源市場，在有劇場之後，終於有點意思了。

上午五點營業到晚上八點，布市則較晚。一樓生鮮市場週一公休，二至四樓布市週日公休。

永樂市場／地址：台北市大同區迪化街一段二十一號

21 永樂市場——讓人瘋狂的花布世界

我在台北有個祕密基地，感到窒息時，就躲到裡面亂走，把眼睛看花了，心卻很快樂。那就是迪化街的永樂市場。

我從小喜歡布，光是看著布料就開心。永樂市場是全台灣最大的布市，已經有一百年的歷史，裡頭到處都是布。

永樂市場成立於一九〇八年，主要是日本商人引進日本印花布。另外還有許多船隻帶著布匹到大稻埕碼頭，布市漸漸擴展，從南京西路、民生西路、貴陽街、塔城街到西寧北路，都有布行。

那真是個萬般風華的年代，沒有廉價成衣，買布做衣是大事。如今，沒有人做衣服了，布莊也越來越少，只剩下永樂市場裡仍舊熱鬧。

市場裡除了台灣花布、日本花布外，還有棉布、綢緞，可以做衣服，也可以做窗簾、抱枕。鑲滿亮片的耀眼布匹如果做成一襲長袍，穿在歌仔戲小生身上，有多麼帥氣；一匹垂地的棉布如果做成窗簾，家裡氣氛整個不同了吧。

逛永樂市場有些小祕訣我就一併分享了吧！第一，可愛花布不只能做衣服、窗簾，三樓的老裁縫還會做圍裙、布包；第二，布店價格不一，記得貨比三家不吃虧。

小吃攤從早上營業到下午三、四點，千萬別錯過。
慈聖宮／地址：台北市大同區保安街四十九巷十七號 TEL：02-2553-9978

AUG 22

慈聖宮小吃——榕樹下的庶民滋味

台北還有些大廟早市，非常迷人。一棵老樹、幾個老攤子，遠看像一幅畫，卻能走進畫裡點碗熱湯。城市不斷翻新，我總是慶幸這些老角落還熱熱鬧鬧喧囂著。

大稻埕慈聖宮前就前聚集十幾家老攤子，各家只賣拿手吃食，就這麼傳了好幾代。從鯊魚煙、原汁排骨湯、燙魷魚、炸海鮮、豬腳麵線、鹹粥到四神湯……全部都是台灣最道地的滋味，一家一樣，專心一致。

熟客多半是鄰近的阿伯，坐在攤子前，一盤燙魷魚、一碗四神湯，再來一瓶米酒加保力達Ｂ，遠遠跟朋友舉個杯。愛喝湯的阿伯，咕嚕一口就把四神湯的湯喝完，遞給老闆說：「加點湯，再給我點薏仁。」老闆不囉嗦，滿滿一碗再送回去。攤頭前沒位子，大榕樹下也擺了好幾張桌椅。送餐的大姊在樹下喊：「燙魷魚一尾，誰的？」「燒賣來了喔～！」

廟前老店不欺生，點什麼都好。我最偏好四神綜合豬肚湯，老湯碗裡滿滿是豬肚、大腸、小腸、薏仁。燙魷魚也極好，盤子邊擺了薑絲、蔥花、香菜梗，夾一片魷魚、一些配料，沾點芥末醬油膏，嚼起來又香又夠味。

廟口小吃就是這麼簡單又美好。在台北生活的三百六十五天裡，一定要有一天，讓自己成為畫中人，吃碗冒著煙的四神湯。

台北霞海城隍廟／地址：台北市大同區迪化街一段六十一號 TEL：02-2558-0346

23 霞海城隍廟——月老牽情別貪多

七夕快來了，落單的趕緊去拜拜吧。大稻埕的霞海城隍廟裡有個月老，聽說超級靈驗，知名度比城隍爺還高！沒辦法，城隍老爺雖然管整座城，但愛情更重要啊！

拜月老有些很可愛的規矩，祭祀品除了金紙外，還有鉛錢、喜糖與紅線。鉛錢兩枚成雙，寫著「百子千孫」、「百年好合」；喜糖祭拜後要留下來，讓廟方煮平安茶，把甜蜜分享給更多人；紅線則是要幫你把有緣人牽回來，記得帶回家好好收著。

特別要注意的是「紅線」，無論如何都別拿兩條，如果在別的廟裡拜過，那就把原本的紅線拿來過香爐，千萬別貪多求保險，聽說很多人拿了兩條以上，結果真的桃花朵朵開，可惜都是爛桃花。

不過愛情總是需要自己努力些，月老只能給你信心，在關鍵時刻推你一把，如果連門都不出，也不創造關鍵時刻，愛情怎麼會來？

七夕也是月老生日唷，趁熱鬧，去霞海城隍廟拜月老吧，也許走出廟門就撞上情人！

AUG 24 中山北路婚紗街——生活是甜蜜的

偷一句小說家李維菁的書名：生活是甜蜜的。

在七夕這一天，好不容易有情人的，才沒低調可能，放閃天經地義。最閃的一定是中山北路，哪裡有比修成正果更閃耀？新人手上的鑽石再閃耀，也比不上婚紗店裡鑲滿水鑽的白紗閃。

現代社會，女人要主動，七夕是暗示的好時機。晚餐不經意地挑在老爺酒店、晶華酒店，甚至新潮的AMBA，一定得點白酒（喝紅酒的血盆大口，能看嗎？）微微醉了，就說想吹風醒酒，慢慢散步，從民生東路口出發往北，一路逛到民族東路口，將會穿越幾十間婚紗店，在那些明亮屋子上，還有無數的婚禮工作室群居。

想結婚的心意，不說自明。成了，生活自此成為甜蜜的，不成，甩掉這不識相的男人，繼續追求甜蜜。

至於單身的去死去死團該怎麼辦？晚餐能去哪？這就是傻問題了，單身的人哪，情人節晚上最好別出門，哪裡都閃，哪裡都觸景傷情，躲在家裡吃泡麵吧你！

08|24
中山北路婚紗街／地點：台北市中山區中山北路二、三段

08|25
無名子與小李子各有擁護者，緊緊相鄰，兩家店都營業到凌晨六點。
無名子清粥小菜／地址：台北市大安區復興南路二段一四六號 TEL：02-2784-6735
小李子清粥小菜／地址：台北市大安區復興南路二段一四二之一號 TEL：02-2709-2849

25 復興南路清粥小菜——深夜的一碗熱粥

可怕的七夕終於結束了，讓我們回到日常吧。

除了逛熟悉的夜市，台北還有幾處吃食，讓我在這座城市裡安心生活，不怕餓肚子！

復興南路的清粥小菜，已經不知道救過我幾次。最早是大學時喝酒跳舞到深夜，帶著渾身酒氣、菸臭味，一群人從誇張喧嘩的夜店到這裡吃粥；後來是頻繁出國工作，搭晚班機回到台北，疲倦不堪，卻還是要到這裡吃一碗粥，才算是踏實落地，吃飽了回家睡覺。

這裡就兩家清粥最出名，無名子、小李子，再深的夜都透著光，擺在前排的滷肉、滷豆腐、白菜滷，還在咕嘟冒煙，拿個牌子點蔥蛋、現炒青菜，最後再點些麵筋、豆棗，就是家的味道。

無論飛得多遠，看了多麼眩目的世界風景，吃了多麼奢華的大餐，深夜想念的，仍是一鍋地瓜稀飯、一碗帶肥滷肉、一盤冒煙的炒青菜。

感謝深夜的廚師，讓我在孤單深夜，吃到一碗熱粥。

08|26
二十四小時營業。
復興南路永和豆漿／地址：台北市大安區復興南路一段一二〇號

08|27
鼎泰豐在全世界都有分店，本店還是第一名，怕擠的，兩點半到五點的清淡時間來，至多等十分鐘。
鼎泰豐信義店／地址：台北市信義區信義路二段一九四號 TEL：02 2321 8928

AUG 26

復興南路永和豆漿——跟舒國治一樣的好品味（很敢說）

下一撮蔥花、一小匙蝦皮、榨菜，下幾節油條，滴幾滴醬油、醋，接著舀八分滿的熱豆漿，加一小匙魚酥，上桌前再淋一圈辣油，就是香濃的鹹豆漿。

雖然在眷村長大，我卻一直不敢喝鹹豆漿，不管爸爸如何誘惑，我都堅持豆漿只能是甜的。直到某天到台北教育大學看蔡明亮的《無無眠》，戲演到天亮，我們老了，十二點就撤退，朋友吆喝吃宵夜，我盯著爐火前的師父做鹹豆漿，腦子突然開竅，搶朋友的鹹豆漿喝了幾口，驚為天人。從此只喝鹹豆漿。

這家豆漿店也不只鹹豆漿好吃，它的麵團都自己做，燒餅烤得酥酥香香，燒餅夾蛋配豆漿就是一頓飯。想要吃得更飽，還有燒餅夾蛋餅，胖嘟嘟的上桌挺嚇人。在附近長大的朋友竟然還點了「肉包夾蛋」，我們好奇研究，真的把肉包切開夾蛋，也太奇妙。甚至有人點「蛋餅夾飯糰」，到底有多餓啦！總之，只要店裡有的，都可以夾。

這不起眼的豆漿店，據說被寫在舒國治的書裡，鹹豆漿則是董橋的最愛。我誤打誤撞吃了，也覺得好，厚臉皮說自己品味也不錯。

27 鼎泰豐——小籠包裡的真功夫

永康街口的鼎泰豐，永遠大排長龍，滿出來的人都要擠到信義路上了。這間餐廳是極少數聲名大噪後，還被美食家、愛吃鬼擁戴的店。

「扎實可靠」，這就是鼎泰豐。不管這間老店是不是米其林餐廳，他永遠那麼踏實，菜色不耍花招，小籠包端端正正，不會懶懶地趴在籠子裡，滋味更是從不改變的好吃；比起雞湯，我更愛喝酸辣湯，豆腐豬血切成細條，絕不隨便，師父調了基本口味，其餘自己加辣加酸加胡椒，湯頭好，就足以成就一道好湯；小菜裡的上海烤麩，是我從小吃到大的道地上海菜，烤麩吸滿滷汁，非常柔軟，筍子也爽脆，無可挑剔。

踏踏實實做菜，精實到數十年一致，是很深的功夫。不只小籠包，蝦仁炒飯、元盅雞湯，甚至陽春麵，都不會讓人失望。

每當疲累到想好好吃一頓飯，我就上鼎泰豐，安心好吃。吃了正餐，別忘了點一籠甜點，私心推薦豆沙小包，迷你可愛，麵皮好薄，豆沙飽滿。

最簡單的小包子，吃到最扎實的真功夫。

AUG 28

溫州街蘿蔔絲餅——巷子口的午後小食

吃到溫州街蘿蔔絲餅，純粹是意外。那天下午有點餓，騎車晃過溫州街口，看到這麼家小鋪子，正巧沒人，聞起來挺香，嘴饞買一個解餓，從此愛上它！

第二次特地去買，哪有這麼好運氣，人龍排得好長好長，一鍋煎三、四十個蘿蔔絲餅都不夠賣，得輪上好幾鍋。我這才知道我那天根本就是食神領路，才吃到這麼好吃的蘿蔔絲餅。

圓圓胖胖的餅在油鍋裡炸，油膩卻全被餅裡的蘿蔔絲給化掉了，吸了油的蘿蔔絲則更香甜。我實在很好奇它蘿蔔到底哪裡買的，太香甜了。

蔥油餅也是一絕，少了蘿蔔絲調和，油膩，卻超級紓壓！人有時候就是需要超不健康的食物啊！更過分的時候，就再夾顆油炸的荷包蛋，塗上一層辣椒醬，爽度破表！

這個小攤子擺了三、四十年，他們煎餅有種和諧的節奏，爸爸負責煎餅、兒子女兒包餅，邊賣邊聊天，客人再多，也不見他們急躁。爸爸開始擺攤時，孩子都還沒出生吧，如今孩子都成為得力幫手。

小攤子這幾年搬家了，就在不遠處，有個小小店面，排隊人潮還是很多，口味還是一樣好，可惜很難欣賞到舞蹈般的煎餅節奏了。

08|28
早上七點營業到晚上九點。
溫州街蘿蔔絲餅達人／地址：台北市大安區和平東路一段一八六之一號 TEL：02-2369-5649

08|29
上午十一點營業到晚上八點半。
老牌張豬腳／地址：台北市大同區民族西路二九六號 TEL：02-2597-2519

29 張家豬腳——台北市第一名豬腳

吃東西這種事情，當然有客觀的評比，但也是絕對主觀的喜歡。台北有名的豬腳店這麼多，我心中的第一名毫無疑問是張家豬腳！

第一次知道張家豬腳，是東跑西跑的廣告業務帶我去吃的，他長得胖胖壯壯，非常愛吃，跟著他吃準沒錯。有天提案結束，他一臉神祕：「帶你去吃台北市最好吃的豬腳飯！」車子從環河快速道路切到民族西路，停在一間不起眼的小店，店門口排滿計程車司機。司機們繞遍台北大街小巷，掌握台北好吃又便宜的美食祕密。

看到滷鍋，我忍不住尖叫：「天哪！看起來好好吃！怎麼會這麼香？」腳蹄、腿庫在深咖啡色的滷鍋裡油油亮亮，濃濃滷汁咕嘟冒泡。老闆用鐵叉在鍋裡迅速撈起肥得滴油的腿庫，三兩下切成一盤；又撈兩隻豬腳，輕鬆劃開，最後灑上點蔥花。

這兩盤豬腳光看就知道功夫啊！皮上桌了，一碰就晃，放到嘴裡馬上融化；瘦肉軟嫩不柴，一入口也化了！嘴上全油還來不及抹乾淨，喝一口筍子湯，油膩解除。從此我對這位朋友佩服得五體投地，他說吃什麼，我絕不敢反對！

離開廣告圈後，我又吃了富霸王豬腳，或其他有名豬腳，都比不過張家豬腳啊！再也沒有人能夠把豬腳滷得軟爛黏嘴卻不膩。張家豬腳絕對是台北第一名！

AUG 30-31

萬里吃蟹——不只是吃那麼簡單

這幾年萬里蟹好火紅，每到八月，大家就引頸期盼。但那一隻蟹背後的故事，從來都不簡單。

萬里蟹是花蟹、三點蟹與石蟳總稱，三種螃蟹都是海蟹，無法養殖。萬里因為地利與歷史，所以聚集了台灣最多的捕蟹船。船長得開到西北海域，在海上待個三、五天，放下無數蟹籠，慢慢等待，才能補到螃蟹。

捕蟹籠也是有故事的，除了得有特殊放籠、收籠技巧，捕蟹籠也別有學問，得讓蟹進得來出不去。據說萬里的漁夫起先並不會做捕蟹籠，是正巧抓到越界的韓國漁工，硬是讓他們講出圓形蟹籠的奧祕，才放他們回去。

捕蟹船的漁獲量不穩定，收穫量大，價錢就被壓低；收穫量少，就算高價也賺不了多少錢。幸虧這幾年萬里蟹闖出名號，整體價格高，港邊也更容易販售，捕蟹漁夫才有好日子過。

在萬里旅行，一定要去等螃蟹船。一時間整個碼頭擠滿了收貨的大盤、歸來的船長、漁工。船邊搭起兩、三張桌子，成簍成簍的螃蟹就這麼倒上桌，先秤價高的花蟹，再秤三點蟹，最後秤石蟳。

用鮮綠色繩子綁死的螃蟹，到這時候都不甘願，大箝子猛晃，水珠亂噴，收蟹人

天豐
CT6-1373

更詳細的資訊可參考「萬里蟹品牌官網 Wanli Crab」
三明美食／地址：新北市萬里區漁澳路六十四號之五號 TEL：02-2492-4932
小漁村活海鮮／地址：新北市萬里區漁澳路六十三號 TEL：02-2492-6060
船家海鮮／地址：新北市萬里區港東路一五三號 TEL：02-2492-5885

也不含糊，一隻一隻算準，死蟹往地下扔，活蟹衡量了大小價錢，扔進大型的塑膠箱裡，一箱四十斤，斤量夠了就另秤一箱。螃蟹都秤好後，全都放進貨車裡的海水箱養著，螃蟹必須活，一死，就臭了。

螃蟹船進港的蟹是不零賣的，湊熱鬧的觀光客也別找麻煩，那是捕蟹人生計攸關的時刻。想吃蟹，就到龜吼漁港買，螃蟹按照大小價格分好，清清楚楚，沒得偷雞摸狗。買了蟹，附近餐廳都有代煮，最常見是清蒸。不過到萬里只吃清蒸太可惜，這幾年萬里蟹的料理早已超越傳統手法。避風塘蟹是小意思，甚至還有酸辣蟹、苦瓜尬萬里蟹、芙蓉蒸紅蟹，把萬里蟹的滋味又提高了一層。

晚上住在萬里海邊，記得看海，捕白帶魚、小卷的舢板船傍晚會出港，因為主要捕撈的是聚光性很強的魚，所以每支舢板都會點起白燈，遠遠看著，彷彿星星漂浮在海上，隨著海浪晃啊晃。那是其他渡假海邊沒有的風景。

晨起後，如果天氣夠熱，就別錯過萬里的海，花幾百元租把傘，弄兩張躺椅，好好抓住火熱太陽的尾巴，曬熱了就跳進海裡，游累了就回來躺著。又躺又游大半天後，把自己跟行李都收拾好，到龜吼吃螃蟹、維納斯海岸看海、野柳地質公園參見女王陛下。

萬里小旅行，祝你整路晴空萬里，吃得飽，玩得好。

【旅遊資訊導覽——台北市】

中正區

- **中正紀念堂**

地址：台北市中正區中山南路二十一號 TEL：02-2343-1100

- **總統府**

地址：台北市中正區重慶南路一段一二二號 TEL：02-2311-3731

- **凱達格蘭大道**

地點：位於台北市中正區的道路，全線位於總統府與景福門之間。

- **濟南基督長老教會**

地址：台北市中正區中山南路三號 TEL：02-2321-7391

- **中山堂**

地址：台北市中正區延平南路九十八號 TEL：02-2381-3137

- **寶藏巖寺**

地址：台北市中正區汀州路三段二三〇巷二十三號 TEL：02-2365-5537

- **明星咖啡館**

地址：台北市中正區武昌街一段五號 2 樓 TEL：02-2381-5589

- **台北植物園**

地址：台北市中正區南海路五十三號 TEL：02-2303-9978#1420

- **欽差行臺**

地點：位於植物園內，導覽需預約。 TEL：02-2303-9978#1420

- **牯嶺街小劇場**

地址：台北市中正區牯嶺街五巷二號 TEL：02-2391-9393

・**齊東詩舍**

地址：台北市中正區濟南路二段二十五號 TEL：02-2327-9657

・**永豐 Legacy Taipei**

地址：華山 1914 創意文化園區中 5A 館 TEL：02-2395-6660

・**Trio café 三重奏（華山店）**

地址：華山 1914 創意文化園區中 TEL：02-2358-1058

・**光點華山電影館 SPOT-Huashan**

地址：華山 1914 創意文化園區中中六電影館

・**華山 1914 創意文化園區 / 華山大草原**

地址：台北市中正區八德路一段一號

・**茉莉台大店**

地址：台北市中正區羅斯福路四段四十巷二號 1 樓 TEL：02-2369-2780

・**茉莉影音館（影音品專售）**

地址：台北市中正區羅斯福路三段二四四巷十弄十七號 TEL：02-2367-7419

・**翠薪越南餐廳**

地址：台北市中正區羅斯福路四段二十四巷十一號 TEL：02-2368-0254

・**南門市場**

地址：台北市中正區羅斯福路一段八號 TEL：02-2321-8069

・**水源劇場**

地址：台北市中正區羅斯福路四段九十二號 10 樓 TEL：02-2362-5221

【台北市】

大同區

・大稻埕碼頭

地點：台北市大同區民生西路底（五號水門內）

・大稻埕辜宅

地址：台北市大同區歸綏街三〇三巷九號

・陳天來故居

地址：台北市大同區貴德街七十三號 TEL：02-2336-2798

・小藝埕

地址：台北市大同區迪化街一段三十四號

・學藝埕

地址：台北市大同區迪化街一段一六七號

・聯藝埕

地址：台北市大同區迪化街一段三十四號

・民藝埕

地址：台北市大同區迪化街一段六十七號

・眾藝埕

地址：台北市大同區台北市民樂街二〇、二十二號，民生西路三六二巷二十三號

・台北當代藝術館

地址：台北市大同區長安西路三十九號 TEL：02-2552-3721 轉 301

・大龍峒保安宮

地址：台北市大同區哈密街六十一號 TEL：02-2595-1676

・日子咖啡

地址：台北市大同區赤峰街十七巷八號 TEL：02-2559-6669

- **台灣好，店**

地址：台北市大同區南京西路二十五巷十八之二號 TEL：02-2558-2616

- **台北中山意舍酒店**

地址：台北市大同區中山北路二段五十七之一號 TEL：02-2525-2828

- **蛙咖啡 FrogCafe 永樂店**

地址：台北市大同區迪化街一段十三號 TEL：02-2506-1716

- **寧夏夜市**

地點：台北市大同區寧夏路（民生西路與南京西路附近）

- **環記麻油雞**

地址：台北市大同區寧夏路四十四號 TEL：02-2558-1406

- **永樂市場**

地址：台北市大同區迪化街一段二十一號

- **慈聖宮**

地址：台北市大同區保安街四十九巷十七號 TEL：02-2553-9978

- **台北霞海城隍廟**

地址：台北市大同區迪化街一段六十一號 TEL：02-2558-0346

- **老牌張豬腳**

地址：台北市大同區民族西路二九六號 TEL：02 2597 2519

中山區

- **行天宮**

地址：台北市中山區民權東路二段一〇九號 TEL：02-2502-7924

【台北市】

- **台北故事館**

  地址：台北市中山區中山北路三段一八一之一號 TEL：02-2586-3677
- **台北市立美術館**

  地址：台北市中山區中山北路三段一八一號 TEL：02-2595-7656
- **圓山大飯店**

  地址：台北市中山區中山北路四段一號 TEL：02-2886-8888
- **SPOT 光點台北電影館**

  地址：台北市中山區中山北路二段十八號 TEL：02-2511-7786
- **蔡瑞月舞蹈研究社**

  地址：台北市中山區中山北路二段四十六巷十號 TEL：02-2523-7547
- **大佳河濱公園**

  地點：位於台北市中山區，大直橋西側至中山橋東側間的基隆河岸。
- **美堤河濱公園**

  地點：由台北市中山區基隆河基十六號水門進入，大直橋至中山高速公路間河岸。
- **榮星花園公園**

  地址：台北市中山區民權東路三段一號
- **二月半蕎麥麵**

  地址：台北市中山區中山北路二段一之一號 TEL：02-2563-8008
- **Hanabi 居酒屋**

  地址：台北市中山區中山北路二段一之三號 TEL：02-2511-9358
- **Fika Fika Cafe**

  地址：台北市中山區伊通街三十三號 TEL：02-2507-0633
- **中山北路婚紗街**

地點：台北市中山區中山北路二、三段

松山區

- **鄭南榕紀念館**

  地址：台北市松山區民權東路三段一〇六巷十一號 3 樓 導覽預約專線：02-2546-8766

- **迎風河濱公園金泰段**

  地點：塔悠路底，民權大橋下，基河六號水門進入左轉到底約一公里

- **高雄肉圓**

  地址：台北市松山區新東街十六巷二號 TEL：02-2762-4626

- **蕭家牛雜湯**

  地址：台北市松山區新東街十六巷一號 TEL：02-2766-5267

- **微熱山丘台北門市**

  地址：台北市松山區民生東路五段三十六巷四弄一號 1 樓 TEL：02-2760-0508

- **饒河街觀光夜市**

  地點：台北市松山區饒河街（八德路四段慈祐宮與塔悠路間）

- **Breeze Super 微風超市**

  地址：台北市松山區復興南路一段三十九號 TEL：02-6600-8888

大安區

- **敦南誠品**

  地址：台北市大安區敦化南路一段二四五號 TEL：02-2775-5977

- **烘焙者咖啡**

【台北市】

地址：台北市大安區金華街二四三巷七號 TEL：02-2322-3830

・**建國花市**

地點：建國高架橋下橋段，信義路與仁愛路間。

・**大安福德宮**

地址：台北市大安區瑞安街二〇八巷四十七弄三十九號 TEL：02-2701-0433

・**台灣大學**

地址：台北市大安區羅斯福路四段一號 TEL：02-3366-3366

・**紫藤廬**

地址：台北市大安區新生南路三段十六巷一號 TEL：02-2363-7375

・**永康公園**

地址：台北市大安區永康街八號 TEL：02-2351-1711

・**青田七六**

地址：台北市大安區青田街七巷六號 預約導覽：02-8978-7499

・**昭和町**

地址：台北市大安區永康街六十號

・**紀州庵文學森林**

地址：台北市大安區同安街一〇七號 TEL：02-2368-7577

・**女書店**

地址：台北市大安區新生南路三段五十六巷七號 2 樓 TEL：02-2363-8244

・**女巫店**

地址：台北市大安區新生南路三段五十六巷七號 1 樓 TEL：02-2362-5494

・**茉莉師大店**

地址：台北市大安區和平東路一段二二二號 B1 TEL：02-2368-2238

・永楽座

地址：台北市大安區羅斯福路三段二八三巷二十一弄六號 TEL：02-2368-6808

・舊香居師大店

地址：台北市大安區龍泉街八十一號 TEL：02-2368-0576

・水準書局

地址：台北市大安區浦城街一號 TEL：02-2364-5726

・VVG Something 好樣本事

地址：台北市大安區忠孝東路四段一八一巷四十弄十三號 TEL：02-2773-1358

・水牛書店台北店

地址：台北市大安區瑞安街二二二巷二號 1 樓 TEL：02- 2707-7003

・我愛你學田市集

地址：台北市大安區瑞安街二二四號 TEL：02-2755-7392

・大安森林公園

地點：台北市大安區新生南路以東、信義路三段以南 TEL：02-2303-2451

・手串本鋪

地址：台北市大安區仁愛路四段八巷二十號 TEL：02-2705-2892

・築地市場居酒屋

地址：台北市大安區永康街三十四之四號 TEL：02-2396-8088

・田園台菜海鮮

地址：台北市大安區東豐街二號 TEL：02-2701-4641

・臺一牛奶大王創始店

地址：台北市大安區新生南路三段八十二號 TEL：02-2363-4341

【台北市】

- **哈根達斯 Häagen-Dazs 敦南旗艦店**

  地址：台北市大安區敦化南路一段一七三號 TEL：02-2776-9553
- **Cafe515**

  地址：台北市大安區永康街七十五巷二十二號 TEL：02-2394-4606
- **Le Ruban Pâtisserie 法朋烘焙甜點坊**

  地址：台北市大安區仁愛路四段三百巷二十弄十一號一樓 TEL：02-2700-3501
- **風流小館**

  地址 : 台北市大安區金華街一六四巷五號 TEL：02-3343-3937
- **Take Five 五方食藏**

  地址 : 台北市大安區青田街六巷十五號 TEL：02-2395-9388
- **珠寶盒點心坊麗水店**

  地址 : 台北市大安區麗水街三十三巷十九之一號 TEL：02-3322-2461
- **珠寶盒點心坊安和店**

  地址 : 台北市大安區安和路二段二〇九巷十號 TEL：02-2739-6777
- **師大夜市**

  地址 : 台北市大安區龍泉街週邊。
- **臨江夜市梁記滷味**

  地址：台北市大安區通化街三十九巷五十弄前 TEL：02-2738-5052
- **無名子清粥小菜**

  地址：台北市大安區復興南路二段一四六號 TEL：02-2784-6735
- **小李子清粥小菜**

  地址：台北市大安區復興南路二段一四二之一號 TEL：02-2709-2849
- **溫州街蘿蔔絲餅達人**

  地址：台北市大安區和平東路一段一八六之一號 TEL：02-2369-5649

萬華區

• **艋舺龍山寺**

地址：台北市萬華區廣州街二一一號 TEL：02-2302-5162

• **真善美劇院**

地址：台北市萬華區漢中街一一六號 7 樓 TEL：02-2331-2270

• **西門紅樓 The Red House**

地址：台北市萬華區成都路十號 TEL：02-2311-9380

• **馬場町紀念公園**

地點：台北市萬華區水源路及青年路口的河堤邊。

• **兩喜號魷魚羹**

地址：台北市萬華區西園路一段一九四號 TEL：02-2336-1129

• **剝皮寮歷史街區**

地址：台北市萬華區廣州街一〇一號 TEL：02-2720-8889#3644

• **青草巷**

地點：台北市萬華區西昌街二二四巷

• **南機場夜市**

地點：台北市萬華區中華路二段三〇七巷至三一五巷間

信義區

• **台北一〇一**

地址：台北市信義區信義路五段七號 TEL：02-8101-8898

• **台北市政府**

【台北市】

地址：台北市信義區市府路一號

・賞樟

地點 : 台北市信義區仁愛路沿路

・信義公民會館（四四南村）

地址：台北市信義區松勤街五十號 TEL：02-2723-7937

・象山親山步道

地點：台北市信義區信義路五段一五〇巷二十二弄（靈雲宮登山口）

・松山文創園區

地址：台北市信義區光復南路一三三號 TEL：02-2765-1388

・閱樂書店松菸店

地址：台北市信義區光復南路一三三號 TEL：02-2749-1527

・誠品信義旗艦店

地址：台北市信義區松高路十一號 TEL：02-8789-3388

・烤爽

地址：台北市信義區基隆路二段三十九巷八弄十號

・五分埔成衣商圈

地點：台北市信義區松山火車站前，中坡北路、永吉路、松山路間的區塊。

・東門市場

地點：台北市信義區信義路與金山南路口間

・鼎泰豐信義店

地址：台北市信義區信義路二段一九四號 TEL：02-2321-8928

士林區

- **草山夜未眠**

  地址：台北市士林區東山路二十五巷八十一弄九十九號 TEL：02-2862-3751

- **故宮博物院**

  地址：台北市士林區至善路二段二二一號 TEL：02-2881-2021

- **新兒童樂園**

  地址：台北市士林區承德路五段五十五號 TEL：02-2181-2345

- **林語堂故居**

  地址：台北市士林區仰德大道二段一四一號 TEL：02-2861-3003

- **士林官邸**

  地址：台北市士林區福林路六十號 TEL：02-2881-2512

- **社子島島頭公園**

  地址：台北市士林區延平北路九段二一二號

- **擎天崗**

  地點：台北市士林區陽明山的七星山麓

- **台北市三腳渡龍舟文化發展協會**

  地址：台北市士林區華齡街八十六號 TEL：02-2881-7464

- **吃吃看**

  地址：台北市士林區中山北路六段七七〇號 TEL：02-2871-4678

- **雅力根坊**

  地址：台北市士林區中山北路五段五一一號 TEL：02-2880-3147

【台北市】

・**士林生炒羊肉**

地址：台北市士林區大東路二十一之三號 TEL：02-8861-3476

・**士東市場**

地址：台北市士林區士東路一〇〇號

北投區

・**關渡自然公園**

地址：台北市北投區關渡路五十五號 TEL：02-2858-7417

・**竹子湖**

地點：台北市北投區竹子湖路沿街

・**農禪寺**

地址：台北市北投區大業路六十五巷八十九號 TEL：02-2893-3161

・**草山行館**

地址：台北市北投區湖底路八十九號 TEL：02-2862-2404

・**少帥禪園**

地址：台北市北投區幽雅路三十四號 TEL：02-2893-5336

・**台北市立圖書館北投分館 - 綠建築示範基地**

地址：台北市北投區光明路二五一號 TEL：02-2897-7682

・**北投溫泉博物館**

地址：台北市北投區中山路二號 TEL：02-2893-9981

・**北投普濟寺**

地址：台北市北投區溫泉路一一二號 TEL：02-2891-4386

- **國立台北藝術大學**

  地址：台北市北投區學園路一號 TEL：02-2896-1000

內湖區

- **觀賞苦楝**

  地點：台北市內湖區堤頂人道　至二段中央安全島

- **大湖公園**

  地址：台北市內湖區成功路五段三十一號

- **西湖市場**

  地址：台北市內湖區內湖路一段二八三之五號（捷運西湖站一號出口旁）

文山區

- **貓空纜車貓空站**

  地址：台北市文山區指南路三段三十八巷三十五號

- **指南宮**

  地址：台北市文山區萬壽路一一五號 TEL：02-2939-9922

- **仙跡岩親山步道**

  地點：台北市文山區景興路一五三巷登山口上山

- **油飯・雙管腸**

  地址：台北市文山區景美街一一五號

【新北市】

板橋區

- **林本源園邸**

  地址：新北市板橋區西門街九號 TEL：02-2965-3061

中和區

- **烘爐地南山福德宮**

  地址：新北市中和區興南路二段三九九巷一六〇之一號 TEL：02-2942-5277

- **八二三紀念公園**

  地點：新北市中和區中安街、安樂路、安平路及永貞路間 TEL：02-2960-3456

永和區

- **小小書房**

  地址：新北市永和區文化路一九二巷四弄二之一號 TEL：02-2923-1925

土城區

- **承天禪寺**

  地址：新北市土城區承天路九十六號 TEL：02-2267-1789

三峽區

- **三峽染工坊**

  地址：新北市三峽區復興路三六七巷一弄二號 TEL：02-2671-2608

- **大板根森林溫泉度假村**

地址：新北市三峽區插角里八十號 TEL：02-2674-9228

蘆洲區

- **蘆洲李宅**

地址：新北市蘆洲區中正路二四三巷十九號 TEL：02-2283-8896

五股區

- **微風運河**

地點：新北市五股區成蘆大橋旁

八里區

- **挖子尾自然保留區**

地點：新北市八里區渡船頭一帶 TEL：02-2960-3456

- **新北市立十三行博物館**

地址：新北市八里區博物館路二〇〇號 TEL：02-2619-1313

淡水區

- **雲門劇場**

地址：新北市淡水區中正路一段六巷三十六號 TEL：02-2629-8558

- **紅毛城**

地址：新北市淡水區中正路二十八巷一號 TEL：02-2623-1001

【新北市】

・**有河 Book**

地址：新北市淡水區中正路五巷二十六號 2 樓 TEL：02-2625-2459

・**淡水漁人碼頭**

地址：新北市淡水區觀海路一九九號 1 樓 TEL：02-2805-8476

三芝區

・**全套櫻木花道**

一〇一縣道→右轉北七線（大湖路＋青山路）→北十五線→北十八線→陽光路→台二線

・**二子坪步道**

地點：新北市三芝區興華里車埕五十三號（遊客中心）

石門區

・**富基漁港觀光漁市**

地址：新北市石門區富基村（北海岸公路旁）

・**富貴角燈塔**

地點：新北市石門區富基里（二號省道二十五公里處，往富基漁港內進入）

・**石門風力發電站（風車公園）**

地址：新北市石門區小坑十二號 TEL：02-2638-1721（石門區公所）

・**新乾華十八王公廟**

地址：新北市石門區茂林五十二號 TEL：02-2960-3456

金山區

- **法鼓山世界佛教教育園區**

  地址：新北市金山區三界里法鼓路五五五號 TEL：02-2498-7171
- **洋荳子咖啡屋**

  地址：新北市金山區忠義路二十九之一號 TEL：02-2408-2455
- **金山鴨肉ㄜ**

  地址：新北市金山區金包里街一〇四號 TEL：02-2498-1656

萬里區

- **野柳地質公園**

  地址：新北市萬里區港東路一六七之一號 TEL：02-2492-2016
- **維納斯海岸**

  地點：東澳漁港與龜吼漁港間的漁澳路，面東約三公里的海岸線即為維納斯海岸。
- **翡翠灣福華渡假飯店**

  地址：新北市萬里區翡翠路十七號 TEL：02-2492-6565
- **萬里飛行傘基地**

  地點：新北市萬里區北基里（北基社區上方） TEL：02-2434-8686
- **三明美食**

  地址：新北市萬里區漁澳路六十四號之五號 TEL：02-2492-4932
- **小漁村活海鮮**

  地址：新北市萬里區漁澳路六十三號 TEL：02-2492-6060

【新北市】

・**船家海鮮**

地址：新北市萬里區港東路一五三號 TEL：02-2492-5885

汐止區

・**杜月笙墓**

地點：在汐止火車站下車後，先找到秀峰國小，往學校後面的小徑走，杜月笙墓就在後山上。

瑞芳區

・**九份福山宮**

地址：新北市瑞芳區崙頂路一號 TEL：02-2496-0303

平溪區

・**菁桐車站**

地址：新北市平溪區菁桐街五十二號 TEL：02-2960-3456

貢寮區

・**台二丙公路**

地點：又稱為基福公路，從西邊的暖暖一路至福隆。

・**福隆海水浴場**

地址：新北市貢寮區福隆里興隆街四十號 TEL：02-2499-1210

雙溪區

・雙溪車站

地址：新北市雙溪區朝陽街一號 TEL：02-2493-2980

石碇區

・石碇五路財神廟

地址：新北市石碇區大湖格二〇之一號 TEL：02-2663-3372

新店區

・四分子步道

地點：新北市新店區花園新城後方之四分子產業道路

・碧潭吊橋

地點：新北市新店區碧潭風景區內 TEL：02-2911-2281

坪林區

・九芎根親水公園

地址：新北市坪林區里九芎根五號之一 TEL：02-2665-7251

烏來區

・內洞森林遊樂區

地點：新北市烏來區信賢里 TEL：02-2661-7358

人文旅遊 KTH3029

台北 365 春夏

作　者—瞿欣怡
攝　影—王竹君
主　編—李宜芬
責任編輯—楊佩穎
美術設計—蕭旭芳
執行企劃—張燕宜、石瑷寧
董事長
總經理—趙政岷
總編輯—余宜芳
出版者—時報文化出版企業股份有限公司
（一〇八〇三）台北市和平西路三段二四〇號四樓
發行專線—（〇二）二三〇六—六八四二
讀者服務專線—〇八〇〇—二三一—七〇五、（〇二）二三〇四—七一〇三
讀者服務傳真—（〇二）二三〇四—六八五八
郵撥—一九三四四七二四時報文化出版公司
信箱—台北郵政七九～九九信箱
時報悅讀網—www.readingtimes.com.tw
法律顧問—理律法律事務所　陳長文律師、李念祖律師
印　刷—華展印刷有限公司
初版一刷—二〇一六年五月二十日
定　價—新台幣三五〇元

國家圖書館出版品預行編目 (CIP) 資料

台北 365 : 春、夏 / 瞿欣怡著 王竹君攝影 . -- 初版 .
-- 台北市 : 時報文化 , 2016.05
面 ;　公分 . -- (人文旅遊 ; KTH3029)
ISBN 978-957-13-6629-6(平裝)

855　　105006946

Printed in Taiwan.